吸英大法

教你 1 小時
背 400 個英文單字

【暢銷紀念版】

辣光 / 著　　簡郁菁 / 整理

吸英大法的暖身操
～～ 如何閱讀以及運用這本書 ～～

這本書雖然名為「吸英大法」，要教你如何在一個小時之內記住四百個英文單字，但是事實上，如果你可以將這本書的內容融會貫通，那麼，你在短短的時間之內可以記住的，可不只是大量的英文單字而已，還包括中文、日文、法文……以及人名、地名、時間……所有必須要靠死背來處理的資訊，都可以讓「吸英大法」來幫你解決。

◆◆ 四個班別，四種程度，請循序漸進，按表操課

為了方便大家學習，「吸英大法」又分為「基礎班」、「進階班」、「挑戰班」和「超越巔峰班」，顧名思義，每一個班別的難易程度是不同的，所以，在閱讀這本書的時候，你可以視個人的需要調整你的閱讀速度及深度。 也就是說，如果你覺得我們在「基礎班」的內容實在太簡單了， 你可以跳頁，直接攻讀「進階班」、「挑戰班」甚至「超越巔峰班」。但陳光老師建議你，最好還是循序漸進，按表操課，這樣才是最有效的學習。

〈四大班別的特色〉

基礎班 —— 傳授簡單、字母少的單字記憶法

進階班 —— 傳授看似複雜冗長，卻有規則可循的單字記憶法

挑戰班 ── 傳授冗長而且沒有規則可循的單字瞬間記憶法

超越巔峰班 ── 傳授英文句子、文章的記憶法，就算倒背句子也不成問題

◆◆ 需求不同，修練重點也不同

在每一個班別的前頭，我都會提供數十個英文單字庫，並且告訴你背誦這些單字的秘訣。我相信，只要你用心看完這本書，這些單字就一定會成為你個人的單字庫。 可是，你會因為這樣就滿意了嗎？ 你想做個吃魚的人？還是在吃魚之外，也想學學怎麼去釣魚呢？

其實，背英文單字就像是在釣魚。這本書所提供的單字，可以說是我先幫大家釣到的魚，雖然魚穫非常豐盛，但是，如果你只懂得吃魚而不去學釣魚的方法，那麼，等到魚吃光時你該怎麼辦呢？

如果你想學會釣魚的方法，那麼在做完單字庫的練習後，請一定要花些時間，看看我在單字庫後所補充的記憶學原理，這些原理，也許會讓你覺得有些枯燥，但卻是非常重要的釣魚方法。想要釣大魚，就一定要花點時間來修練這本書的記憶學原理。 當然啦，如果你覺得我所提供的單字庫完全不符合你的個人需要，你也可以直接跳過這些單字練習，直接閱讀練習題後面的記憶學

原理。 只要懂得這些原理，你真的可以不需要靠陳光老師來幫你釣魚，你絕對有能力去釣自己喜歡的魚來吃。

真的沒時間，只想先做英文練習？ 當然也沒問題啦！ 你可以放心的跳過書中所有的理論和記憶學原理，不懂這些，也不會影響你背誦這些英文單字的效率。 只不過，我還是要囉嗦一下，這樣真的太可惜了，建議你，以後有時間，還是要翻一翻這本書，看看練習題後面的理論！ 你一定不會後悔的！

記住！學任何東西，你一定要知道方法，而不只是把別人教給你的內容一味地照單全收，死背下來！

◆◆ 欲練神功，必先自「功」！

玩過電動玩具嗎？看過電動高手嗎？每一個高手都有可以稱霸武林的武功秘笈，但是，是不是得到了秘笈就可以變成天下無敵了呢？當然不是，當然都必須要經歷一段辛苦的練功過程。所以，想要練成這本秘笈中的「吸英大法」，自我的練功過程是絕對不可以少的。

在這裡，陳光老師一定要先把醜話說在前頭，如果你以為看完這本書，就可以躺在家裡呼呼大睡，一小時四百個英文單字會自動刻在你的腦門上，那麼請你繼續做你的春秋大夢吧！

我在這本書裡，告訴你的是一條學習英文的捷徑，但是，捷徑在你面前，還是要靠你自己親身的去走，去跑，這樣才能夠真正到達目的地。我可以讓你少流一點汗，少走許多冤枉路，但是，你如果連一滴汗也不願流，一步路也不肯走，那麼你就真的只能在夢裡才能變成記憶英文的高手了！

吸英大法，威力無窮，但是欲練神功，一定要先自「功」，唯有不斷的自我練習，練「功」，你才能夠真正體會這個神功的奧妙所在！

chin wrist mars planet comet butt sweat chat bride weapon
button buffalo ample carrot quiet emit rood tooth koala fast anger single ankle
fool fly mask vest scarf adept bluff fling toe doll diet cure
pillow drawer cruel shrimp
role uniform toy tail report move heat chin wrist mars planet comet butt sweat chat bride weapon button buffalo
ample carrot quiet emit rood tooth

▶▶▶目次

c o n t e n t s

吸英大法的暖身操

~~ 如何閱讀以及運用這本書 ~~ 2

始業式

1小時背400個英文單字！你也可以做到！ 10

小心！圖像記憶會讓你的腦袋當機！ 18

邏輯推理能力越強，記憶能力就越強！ 24

開課囉

吸英大法第1式 基礎式 41

● 邏輯式超強記憶術之轉碼 45

● 邏輯式超強記憶術之鎖碼 49

● 邏輯式超強記憶術之轉碼、鎖碼與3P 85

● 邏輯式超強記憶術之刻痕理論 89

● 邏輯式超強記憶術之文字相吸 92

吸英大法第2式 進階式 97

- 邏輯式超強記憶術之操作海馬回 101
- 邏輯式超強記憶術 之七正負二原理 112
- 邏輯式超強記憶術之用已知導未知 120
- 邏輯式超強記憶術之張貼記憶線索 127
- 邏輯式超強記憶術之利用潛意識 132

吸英大法第3式 挑戰式 137

- 邏輯式超強記憶術之鎖鍊記憶法1 144
- 邏輯式超強記憶術之鎖鍊記憶法2 157

吸英大法第4式 超越巔峰式 175

- 記憶法小復習 185

課後輔導

不只是英文，連日文、法文嘛會通！ 204
語言相吸大練功！ 207
啟動三十萬倍的記憶能量！ 214
讓吸英大法進入你的生活，成為你的利器 220

chin wrist mars planet comet buff sword chat bride weapon
button buffalo ample carrot quiet
emit rood tooth koala fast anger single ankle ►►►
fool flu mask vest scarf adept bluff
fling foe doll diet cure
allow drawer cruel shrimp
role uniform toy tail

chin wrist mars planet comet butt sweat chat bride weapon
button buffalo ample carrot quiet emit rood tooth koala fast anger single ankle fool flu mask
vest scarf adept bluff fling toe doll diet cure
allow drawer cruel shrimp role uniform toy tail report move heat chin wrist mars planet comet butt sweat weapon
bride weapon button buffalo ample carrot quiet emit rood tooth

mars planet comet butt sweat chat bride weapon
button buffalo ample carrot quiet
it rood tooth koala fast anger single ankle
fool flu mask vest scarf adept bluff
fling toe doll diet cure
allow drawer cruel shrimp
role uniform toy tail
ort move heat chin wrist mars planet com
tt sweat chat bride weapon button buffalo
ample carrot quiet emit rood tooth

吸英大法

▶▶▶

始業式

chin wrist mars planet comet butt sweat chat bride weapon
button buffalo ample carrot quiet
emit rood tooth koala fast anger single ankle
fool flu mask vest scarf adept bluff
fling toe doll diet cure
allow drawer cruel shrimp
role uniform toy tail
report move heat chin wrist mars planet comet
butt sweat chat bride weapon button buffalo
ample carrot quiet emit rood tooth

1個小時背400個英文單字！
你也可以做到！

◆◆ 找到癥結 才能解決問題

　　有一個大學教授到一家精神病院探病，由於醫院很大，所以教授開車在院區逛了許久都找不到他要去的地方。這時，車子的輪胎忽然爆胎了，因為探病的時間快要到了，所以教授只好急急忙忙的拿出車裡的備胎來換，沒想到，他因為太過心急，竟然將鎖輪胎的四顆螺絲踢落到路旁的山崖下。這下慘了，沒了螺絲，輪胎要怎麼裝回去呢？

　　就在教授像熱鍋上的螞蟻一樣急得團團轉時，一個精神病患走了過來，他只瞄了一眼車子的狀況就跟教授說：「你為什麼不把其他輪胎的螺絲各拔一根下來，這樣你的備胎就可以裝上去啦！」

　　教授聽了很高興，可是他又覺得好奇，於是便問那個病人：「你這麼聰明，怎麼會進精神病院呢？」

　　這個病人聽了教授的問題後，哈哈大笑：「我會在這裡不是因為我笨，而是因為我有精神病啊！」

　　大學教授因為不知道問題的癥結，所以搞錯了方向，以為像這個病患一樣聰明的人，不應該待在這個地方。事實上，教授因為沒有看到問題的癥結點，所以產生了誤會，用錯誤的方法去解讀精神病患的狀況。

　　這就好像學英文搞錯方向一樣，看不到問題的癥結，只會一味地碎碎念，或是反覆抄寫，卻完全弄錯方向！事實上，背英文單字和發音學和文字學根本就沒有關係，這純粹是記憶學的問題。而你只要能找對方向，找到問題的關鍵，就不必一直往錯誤的方向亂鑽，也就能夠克服在英文學習上所碰到的種種難關。

　　在英文學習中，「單字」是絕對不能疏忽的重要環節，就像蓋房子需要磚頭一樣，如果沒有豐富的單字做基礎，就蓋不好漂亮的英文大屋。 英文單字非常重要，不過，在許多人的心目中，它的地位不是磚頭而是絆腳石，是許多人在學習英文時挫折感的來源。 因為，不管他們怎麼用心，怎麼努力，英文單字卻總是背不起來。

　　我所聽過的背單字方法琳瑯滿目，有的人背字典，有的人寫字卡，有的人在牆壁、書桌、甚至鏡子上貼滿單字，有的人一邊走路一邊背單字，有的人習慣一邊背一邊寫，有的人則是連睡覺都在喃喃自語……但是，效果如何呢？ 我看到的這些人都是背了

就忘，忘了再背，背了還是忘‧‧‧然後，在背單字的第一關就戰死沙場， 不但從此對英文深惡痛絕，還認為自己天生就有語言障礙。

你是不是也和這些人一樣，一直在單字的「背」與「忘」中浮沉掙扎，然後不斷怪自己太笨，太健忘呢？

別再怪自己的腦袋和智商了，英文單字背不起來，不是因為你有語言障礙，不是因為你不夠聰明，不夠努力，而是因為你根本不知道如何記憶，你根本不知道大腦的使用方法，不知道真正克服英文單字的癥結在哪裡，你用錯了方法，因此，任何努力都只是在做白工。

◆◆ **小心！別讓錯誤的學習方法讓你的腦袋當機！！**
那麼我們究竟要怎麼樣才能找到背英文單字的有效方法？先別急，陳光老師要先提醒你幾個原則。

1. 別找錯施力點～
有個富翁請工人到家裡施工，這個工人使用推土機，瞬間就把牆給推倒了。

富翁問工人說：你的推土機多少馬力？工人回答，六十匹馬力。 富翁喃喃自語說：我的跑車就有一百二十八匹馬力，但無論

如何應該都推不倒這面牆吧！ 工人回答：你的跑車雖然有一百二十八匹馬力，但重點不在馬力，而在於找對施力點！

背英文單字就像開推土機一樣。你或許幻想自己是一輛擁有強大馬力的跑車，但是卻找錯施力點，一個晚上的碎碎念，一輩子都無法推倒阻礙你的英文大牆！

2. 別陷入文字迷思～

你迷過路嗎？相信方向感再好的人都有迷路的經驗。

到烏來賞花、泡溫泉是最近非常流行的休閒活動，從台北市區開車到烏來山區，一般大約要花一個小時車程，但是有的人卻會因為不知道路、或者不小心走錯了路，而在許多條相似的路徑裡繞來繞去，結果走了兩、三個小時還到不了烏來，為什麼呢？是開車的人技術有問題嗎？是開車的人能力不好？比較笨嗎？ 當然不是！到不了烏來不是因為我們的技術或能力有問題，而是因為我們不知道正確的方向和最快速的路徑！

再來看看另外一個例子。

想想看，你每天要去上班或是上學的路上，你記得的招牌有幾個呢？你是記得沿路每一個商店的招牌呢？還是只記得特定的幾個？如果今天有朋友要到你上班或上課的地方拜訪你，希望你在方向上給他一些指示，你會怎麼告訴他呢？你會

不會把沿路的每一個指標和每一家商店名稱都告訴他？

「唉呀，陳老師，你怎麼會問這麼笨的問題呢？我們當然不需要浪費時間去記每一個招牌呀，只要在幾個關鍵的地方記住明顯的指標或招牌就夠了嘛！」

你真的很聰明，知道不管是要去烏來，要去公司，還是要去學校，只要抓住幾個關鍵的記憶點，就可以順利到達目的地。可是，在背英文單字時，你是不是也懂得這個訣竅呢？

如果你在背英文單字時，不先去了解正確的背誦方法，只一昧的死背、死記，就好像是硬要把沿路的每個指標和招牌都記下來一樣，不但浪費力氣，也讓自己的腦袋塞滿一堆不需的資訊。這種錯誤的學習方法，不但會讓你的腦袋當機，也會讓你在學習英文的道路上迷路喔！

相反的，如果你懂得背單字的訣竅，不但不會背了就忘，還可以事半功倍，讓自己在短短時間內就記住數十個，甚至上百個單字。就像是走捷徑一樣，如果你熟悉到烏來的每一條捷徑，那麼你不但可以節省許多路途，還可以避掉紅綠燈，避掉塞車，搶到大部份的遊客面前去賞花、泡溫泉。

◆◆ 1小時背400個英文單字，你也可以做到！

1小時背400個英文單字，靠的不是奇蹟、不是IQ，而是方法。

我有一個學生，他的名字叫石政庭，他在中壢高中就讀的時候，成績普普通通的，一天連背20個單字都有困難，後來他瞞著家裡的人，偷偷跑來上我的課，五個星期後，他告訴我，他本來覺得背單字非常痛苦，現在卻覺得背單字好像在玩電動玩具一樣好玩，所以，他不但可以在一個小時內熟背四百個以上的英文單字，還可以將每個單字都倒過來背，五個月後，他以上台大的分數，選擇了他的第一志願師範大學！

還有一位小學四年級的李盈德同學，他在上過我的課之後，不但自己運用，還回去教他高齡74歲的阿公，阿公學會了方法之後，不但可以把圓周率 (3.141592653……) 背到小數點後第六十位，甚至還可以倒背！想想看，老爺爺連倒背毫無章法的數字都沒問題，英文單字又怎麼會考倒他呢！

李爺爺的故事造成了轟動，當時還有各大媒體爭相報導。李爺爺對著鏡頭十分感慨說了一句話：「如果我當年早一點學會這套方法，我這一生的成就絕對不只於此！」

不管是倒背英文，還是倒背圓周率，在我所教過的學生中，他們不是第一個，當然也不會是最後一個。

◆◆ 你羨慕他們嗎？

2005年，弘道國中一年級的學生蔡昊廷，在學完我教的記憶學之後，就能在一小時內倒背長恨歌。當時很多人都以為蔡昊廷只是一位偶然出現的天才，但是就在同一年，北投國小五年級的黃玉齡也用同樣的時間，將長恨歌倒背如流！你能說記憶力真的只能靠天生嗎？如果你一輩子都不知道這樣的方法，你不會覺得吃虧嗎？

所以相信我，只要你用對方法，只要你肯認真的做，你一定可以和他們一樣，1個小時內，就將400個英文單字倒背如流！

陳/老/師/的/話

上英文課的時候，如果老師要求你大聲念出課文和單字，別以為這樣可以幫助你背誦單字喔。

大聲念單字和課文，可以幫助發音和表達，但是對記憶單字來說，並沒有太大的幫助！因為背單字，是記憶學，而不是語言學！因此，請記住，英文單字背不起來，不是你的語言能力有問題，而是你的記憶方法需要調整！

或許你會說：「我平常記性可是好得很，怎麼可能記憶有問題。」

你記性有多好？前天晚上吃的東西還記得嗎？更早一點，去年的今天你穿的衣服還記得嗎？如果你無法馬上回答我所問你的這兩個問題，也無法藉由回想推理出來，那麼就請你耐心的跟著我一起來揭開記憶的真相吧！

小心！圖像記憶
容易讓你的大腦當機！

◆◆ **人腦和電腦一樣，記憶空間是有限的**

　　你用過電腦吧？想想看，如果我現在要請你從電腦裡找出「林志玲」的資料，是叫出林志玲的照片比較快，還是叫出「林志玲」這三個字比較快？

　　如果你常用電腦，你就一定知道，叫出「林志玲」這三個字，絕對會比叫出林志玲的照片還要快上許多！不論你用的是新電腦還是舊電腦，文字檔比圖檔快的定律是不會改變的。因此，為了要節省電腦的硬碟空間，許多人在存取資料時會盡量使用文字檔，避免使用太多的圖檔，因為，圖檔過多不但會讓電腦的程式跑得慢，也容易讓電腦當機。

　　想想看，你的頭腦所能儲存和記憶的資料，可以比得上你家裡的電腦嗎？答案當然是不可能的，既然如此，我們又怎麼可能訓練自己記得住大量的圖片和影像呢？

坊間目前有許多教導超強記憶的補習班，強調要用圖像來幫助記憶。圖像記憶法是六歲之前的孩子所使用的，它的確可以加強印象，幫助記憶，但是，它們同樣會耗去你許多的腦容量，因此，在剛開始時，你可能會覺得圖像記憶的方法效果驚人，但是，只要時間一久，你的大腦就會不堪負荷，記憶的速度也會越來越慢，最後根本就是徒勞無功。

不相信的話，請嘗試區分辣妹，鋼管女郎和檳榔西施，說說她們的不同。是不是要想很久？

人類的頭腦和電腦一樣，不管有再多的記憶空間，速度和容量都是有限的，所以，如果你想要快速又大量的記憶資訊，絕對不能夠單靠圖像來輔助，因為，圖像除了會讓大腦的運轉速度變慢外，也會佔據大量的記憶空間，造成資訊混亂，讓你的大腦當機喔！

◆◆ **圖像記憶是幫助六歲前的孩子認識世界的磚塊**

在這裡，我要強調的是，圖像記憶並不是完全不管用的喔！因為人類在六歲以前，必須要靠圖像記憶來認識這個世界。一個兩三歲大的孩子，在接觸到球以前，並不知道球是什麼東西，當媽媽拿給他一顆球，然後告訴他：「球！ Ball！」於是球的形象進入了他的大腦，他會開始編列資料，知道長得圓圓的，可以拿

在手上的，就是「球」，就是「ball」！

六歲以前，人類要靠圖像記憶來建構他對這個世界的印象，但是六歲之後，人類會開始發展出邏輯和思考的能力，這個時候，他對於單一圖像的理解，就會變得複雜許多。

比如說，兩三歲的孩子在書上看到〇這個印子的時候，他可能會馬上回答，這是一顆球，但是，一個八九歲大的孩子，就可能會告訴你，這很像是一個球，又很像是一個圓形的貼紙，或者是墨水滴在紙上的痕跡。

所以，六歲前的孩子，你問他「綠色」是什麼，他可能會想到草，想到樹；「藍色」，他會想到天空，想到海水；當你提到「豬」，他可能會想到一隻肥嘟嘟的可愛小豬，或者想到前一天晚餐吃的排骨。但是六歲之後，因為有了邏輯思考力，因此他們對文字、語言的理解力變強，這個時候，如果你問他「綠色」，他想到的可能是民進黨；「藍色」，就可能想到國民黨；而當你提到「豬」時，他腦中浮現的，可能是隔壁班的胖同學。

雖然在六歲之後，人類大多是用邏輯和思考力來認識這個世界，但是，我們在六歲之前所記憶下來的圖像已經轉碼成文字，變成日後記憶的基礎，就好像是在蓋房子一樣，我們六歲以前累

積的圖像記憶，是一塊一塊的記憶磚塊，是一個一個的「已知」，也可以說是一張張記憶標籤。他們會幫助我們創造新的記憶，認識新的事物。 也就是說，二三歲的孩子會藉著一顆「球」來吸收「圓」的概念，而有了「球」和「圓」的基礎後，他才有可能去發展日後和「球」或「圓」有關的理解，像是了解「地球」，九大行星以及宇宙的運行。

◆◆ 背單字，也是在砌記憶的磚塊

記憶的過程，是不斷利用舊有的已知磚塊，堆疊出一個又一個新的記憶磚塊，再慢慢的砌出一面全新的記憶磚牆。

背單字也是同樣的道理喔！ 也是要從最小的記憶磚塊一點點的堆疊起來。也就是說，你一定要認識 ABCD・・・26 個字母，然後才能去記憶由這 26 字母變化串連起來的單字，像是「key」或「man」這兩個單字； 「而當你認識了「key」和「man」這個字之後，你又可以很順利的認識 「keyman」（重要人物）這個字。

當我們認識的單字磚塊越多，我們就能堆疊出更高更大的知識牆，但是，在這裡我想提醒你的是，在堆砌這些磚塊時，一定要有條理，有技術，否則，你可能會蓋不出房子，也可能勉強蓋出一個像房子的東西，但大風一吹卻又垮了。想想，是不是有時候會一緊張，演講的詞就會一股腦兒全都忘了？ 所以，千萬別只

知道傻傻的製造一堆磚塊，卻拿這些磚塊來亂蓋一通。 記住，不管是質地多麼精良的磚塊，如果不能用來蓋房子，也只是一堆無用的廢棄物罷了！

陳/老/師/的/話

　　圖像當然可以幫助記憶，尤其是對於6歲以下的小孩子。 如果你想利用圖像來教導你的孩子記憶，建議你考慮以下幾個條件：

1. 圖像要清晰明白
2. 色彩鮮明
3. 最好有動作、可以刺激感官

　　以上這些條件會讓圖像本身的感覺更強烈，也更容易記憶，也就是說，如果要使用圖像記憶，那麼圖像的感覺就要越誇張越好。

　　舉個例子來說： 一隻正在睡覺的狗和一隻對著你張牙舞爪的狗，那一個比較讓你印像深刻？ 一隻不停對你搖尾巴，和一隻不停狂吠的狗，那個容易引起你的注意呢？ 如果這些都不夠， 那麼讓這隻兇神惡煞樣的大狗在你大腿內側咬上一口吧！這樣你還忘得掉嗎？

　　雖然圖像可以幫助記憶，但是如果你想記得多，又記得快的話，請丟棄這種只靠圖像的記憶方式。 記住，圖像記憶只適合六歲以下的孩子！

邏輯推理越強，
記憶能力就越強

我常講一句話：「讓孩子發展自己想像力，那將是他未來的成就！」為什麼我會這麼說呢？因為想像力的多寡和記憶力的好壞是非常有關係的。

◆◇ 有邏輯觀念，就是推理大師

有個人去找福爾摩斯，想要委託他辦案，他和華生在福爾摩斯的事務所裡等了許久，左等右等都等不到福爾摩斯，於是只好先離開，不過這人走的時候卻忘了帶走放在桌上的菸斗。

這個人走了許久之後，福爾摩斯回到了事務所，他在華生還沒開口之前，就知道已經有人來過。 華生覺得這一點也不奇怪，因為福爾摩斯一定是看到了桌上的菸斗，當然很快就能發現有人來過。 不過接下來福爾摩斯所說的話，卻讓華生非常的訝異，因為福爾摩斯竟然知道這個人是個左撇子，而且還非常有錢。

華生疑惑的問福爾摩斯：「你剛才有看到他嗎？還是你本來就認識這個人？知道他要來找你？」福爾摩斯搖搖頭。

「那你怎麼都說中了？」華生問。

「很簡單！」福爾摩斯抽了口菸斗說：「這只是一個邏輯推理的問題！」

因為菸斗的牌子非常昂貴，而且被遺忘在桌上，所以福爾摩斯推斷這個人的家境應該很富裕，所以不在乎一個價值不斐的菸斗。 然後，福爾摩斯又觀察了菸斗上的咬痕，從咬痕的方向，福爾摩斯斷定這個人是個左撇子。 從小細節和線索中歸納出結論，這是一種推理，也是一種邏輯，也就是「因為如何如何，所以會導致出怎樣怎樣」。 福爾摩斯利用他手邊既有的線索，尋找出合理的答案，這就是邏輯推理！

福爾摩斯的故事之所以迷人，除了他有過人的觀察力之外，最重要的是他有超強的邏輯推理能力，所以他可以在最細微處找到有用的線索，再靠著邏輯推理的能力破解一個又一個謎一樣的案子。

這和我要背英文單字的問題有什麼關係？當然有囉！如果我們也能夠和福爾摩斯一樣，擁有超強的邏輯推理能力，那麼就可以輕易的突破英文單字表面的障礙，利用單字裡的線索，來幫助我們記憶。

◆◆ 單字裡會有線索？那要怎麼找呢？

在回答你要如何在單字裡找到線索之前，讓我們先來看看手邊的記事本或電話簿。 為了方便翻找，記事本或電話簿裡，通常會設計一個個貼心的小標籤，來指引我們想要尋找的資料？這些小標籤，有的是用顏色來做區隔，有的則是用 ABCDE 等英文字母，或者是ㄅㄆㄇㄈ等注音符號，不管這些標籤上面是用何種方法做標示，它們就是你的線索！

這些線索，按照每個人不同的想法，就會有不同的編碼和排序。所以我們的大腦也一樣，大腦裡儲存著眾多繁雜的資訊，按照每個人不同的思維邏輯，加以編碼排列，讓你腦中的線索和眼前所要記下的英文單字產生連結，就可以輕鬆記憶！

這就好像福爾摩斯看到菸斗，就知道有人來過，是個什麼樣的人一樣，他將自己腦中原本存有的資訊和眼前的事物產生聯結，因此而推衍出了一個結論。我們記英文單字也該像這樣，找出線索，推出結論，就可以牢牢記住。

舉個例子來說吧，bride「新娘」，這個英文單字你要怎麼記住它？是一個字母一個字母的背嗎？還是想點別的捷徑？要怎麼找到一條線索，幫助我們記下這個字？在我們的腦中，搜尋一下，有沒有任何相像的字呢？有沒有任何文字可以和它做個關聯

呢？看到這個字，再念一念，讓你想到了什麼？

我一看到這個字，立刻就想到，bride 聽起來有點像是另外一個英文單字「bird」鳥。

記得我說的嗎？過去的記憶可以導出新的記憶，在背英文單字之前，先檢視一下你手邊已知的磚塊。

所以「鳥」和「新娘」有什麼關係？用你自己賦予的想像力，你一定能夠記得。

我相信你這麼聰明，一定不會連這兩個磚塊都連不起來吧！？所以我現在就可以大方使用「bird」這個已知磚塊，讓它們成為我的線索，於是乎，我就可以像福爾摩斯一樣，循著這個線索，來找出我要的解答－ bride。

現在我要開始按著線索找到答案囉！讓我來運用我的邏輯推理：新娘在婚禮場上玩庭院外的小鳥。是不是一下子就記起來了？但你會說「bird」和「bride」畢竟不同呀！所以這時候我就必須再加一點邏輯進去，我想的是：「新娘把鳥的頭轉過來了」，這樣是不是很好記呢？

　　利用自己腦中的記憶線索，沿著這個線索，加進一些邏輯，找出答案，就可以幫助你記憶。

　　請自己練習一下，同樣是很普遍的英文單字 rubber，這個字又讓你想到什麼呢？請你找出自己的記憶線索，推衍出一個屬於自己的記憶方式。想要堆疊記憶的磚塊，甚至想砌出一整面牆，就絕非難事！

陳/老/師/的/話

　　為什麼坊間教你記英文單字的書，你在看完了之後仍然對背單字感到很吃力？因為坊間書上所教的，全都是別人的記憶方式，而我要你學的，是屬於你自己的方式。

　　做個小試驗，你可以拿同一個問題問問你身邊的朋友：「雪融化了之後是什麼？」然後再記下你聽到的答案。就我所問過的學生，大部份的回答是「雪水」，但也有人回答「春天」，而你的答案呢？你的答案又是什麼？每個人不同的答案代表了他的思維邏輯，沒有人邏輯會完全一模一樣，也因此，找出你自己的邏輯，那才是真正屬於你自己的記憶途徑！

◆◆ 每個人都有邏輯推理的能力

『藉由一件事物喚起另一件事物』，這樣邏輯式的推理有助於將各種新的記憶納入腦中，不只是英文單字，就連平常生活裡，我們也處處可以發現邏輯推理的痕跡。

比如說看到女朋友的髮型和昨天不同，就知道她一定是去剪了頭髮，從她剪頭髮，可以推論出她的心情可能不太好；另外從她身上的新衣服，可以知道她跑去購物，從這點我們就可以知道，她去購物或許是因為領到了薪水，公司發薪的日子到了！

同樣的道理，好好加強你邏輯推理的能力，如此一來，不但可以幫助你輕輕鬆鬆記下英文字，或許也有助於你的生活，讓你更懂得察言觀色！不會沒事招惹到不該招惹的人！

◆◆ 將文字變成你的記憶磚塊

看到這裡你可能要問，但是我們要記的英文單字，通常都是無法理解的一堆字母組合，那怎麼辦？要怎麼記？又要怎麼找出我們的記憶線索？記得我們剛剛才舉過的例子 bride 嗎？這個字當然不可能照著 ABCD 的字母來排列，整個組合是很無厘頭的，但我用了什麼方法把它記住？我們用的是自己熟知的母語，用的是自己手中原本就有的磚塊。

　　我們讓一個陌生的磚塊和一個熟悉的磚塊之間產生聯結。事實上，這只是背英文單字的技巧之一而已，我們不但可以讓一個陌生的磚塊和一個熟悉的磚塊鎖在一起，也可以把幾個看似不相關的已知磚塊，全都鎖起來。

　　讓我們先做個小練習，先用中文來練習看看，你會發現已知的磚塊和磚塊之間，是可以加入我們的邏輯之後，再互相吸引的：

> 鬼火、嬰兒、靈山、零食、蓮霧、夜壺、賓拉登、海參、棺材、衣領、筷子、一打蛋

　　上面列的十二樣東西，彼此之間看起來是沒有什麼關係的，如果要你在三分鐘之後，把這十二樣東西一樣不差按照順序記起來，要怎麼記呢？現在你是不是已經在心裡開始不停的默念？還是已經拿起筆，準備要開始抄寫了呢？

　　先放下你原本的念頭，跟著我做，很簡單，只要在這幾樣東西之間，加入一點邏輯進去，讓這十二樣東西產生關聯，保證你一下子都記起來。好，現來看看我怎麼將這些沒有關係的東西變成有關係吧！

鬼火〔燒〕嬰兒

嬰兒〔爬〕在靈山上

靈山下面〔賣〕零食

零食〔打開〕是蓮霧

蓮霧〔丟到〕夜壺裡

夜壺〔砸〕到賓拉登

賓拉登〔拉出〕一條海參

海參〔掉到〕棺材裡

棺材〔露〕出衣領

衣領上〔插〕筷子

筷子〔夾著〕一打蛋

　　好了，現在這些不相關的文字之間，是不是產生關係了呢？
如果，將上面這十二樣東西想像成十二塊的文字磚塊，這些磚塊
之間的關係，就是一個邏輯，一個聯結磚塊的鎖匙。

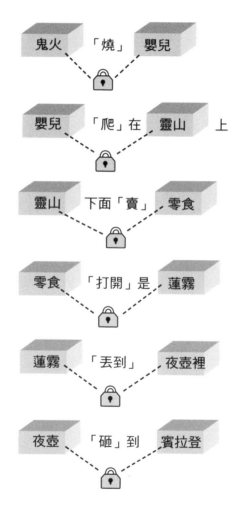

代表磚塊，

代表了關聯性，也就是我們說的邏輯

鬼火 「燒」 嬰兒

嬰兒 「爬」在 靈山 上

靈山 下面「賣」 零食

零食 「打開」是 蓮霧

蓮霧 「丟到」 夜壺裡

夜壺 「砸」到 賓拉登

始業式
▼

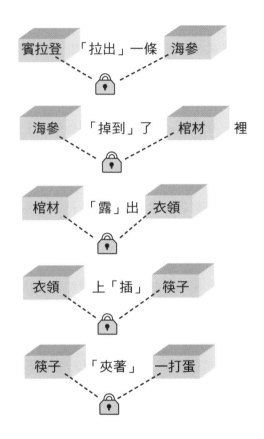

賓拉登　「拉出」一條　海參

海參　「掉到」了　棺材　裡

棺材　「露」出　衣領

衣領　上「插」　筷子

筷子　「夾著」　一打蛋

　　闔上書，自己想想看，從鬼火到十二樣東西是什麼？是不是
全都記下來了？

　　如此一來，你是不是就能了解，有了鎖，所有的東西產生關

聯，只要一分鐘，所有的東西就能印在你的腦海裡。

注意到了嗎？我在每一樣東西之間都加了一道鎖，這道「鎖」就是我所謂的邏輯。邏輯是動作，而不是故事性的聯想，很多老師會教孩子編故事，想想看，如果你為了記住這十二樣東西，而去編出一個故事，那麼要記得冗長的故事性聯想，豈不是比只記得這十二樣東西更複雜、更累？

知道了邏輯的關鍵之後我們再想想，把原本不相關的十二樣東西主動加進邏輯，讓這個邏輯緊緊鎖住我們所要記憶的物件，這麼一來，是不是所有的東西全都被鎖在一起了呢？請你跟著我做一次練習，默想一遍剛才的邏輯，保證你輕輕鬆鬆就把所有的東西記起來。

這時候你可能又要問了：「這和我記英文單字有什麼關係呢？」當然大大有關！記得我在一開始說的嗎？推理能力越強，記憶就越強！只要你懂得將看似毫無關聯、完全無厘頭的英文單字，找出一個「自己的」邏輯來記，那麼就算你想忘，恐怕也忘不了！

看懂了嗎？閉上眼睛，再複習一次前面的觀念，一切就緒後，再繼續看下去，吸英大法即將正式開課！

練習題：試著在一分鐘內讓以下幾樣東西產生關聯並且按
　　　　順序記住：
　　　　公車、夕陽、高山、養樂多、總統府、林志玲
　　　　匈牙利、麥當勞、貝多芬、脂肪、攝影機、面紙

　　陳光老師要再次提醒你，別人的邏輯和聯想，並不是你的，
每個人看到這十二樣東西的時候，心裡都會浮現不同的聯想。沒
關係，只要能夠「按照自己的邏輯」，不一定要跟著我的想法走，
你也可以用自己的邏輯聯想，記住所有的東西。

　　好比說這個練習題，我的答案是：

〔公車〕奔向〔夕陽〕

〔夕陽〕撞到〔高山〕

〔高山〕下賣〔養樂多〕

〔養樂多〕灑在〔總統府〕

〔總統府〕貼著〔林志玲〕的照片

〔林志玲〕到〔匈牙利〕玩

〔匈牙利〕人吃〔麥當勞〕

〔麥當勞〕裡放〔貝多芬〕的曲子

〔貝多芬〕長滿了〔脂肪〕

〔脂肪〕滴在〔攝影機〕上

〔攝影機〕要用〔面紙〕擦乾淨

你的答案呢？

我必須再次強調，對於同一件東西，每個人依邏輯產生的聯想結果是不同的。好比我說到女朋友，有人產生『溫柔可愛』的聯想，有人想到的可能是「野蠻女友」。也因此，你所想到的邏輯，可能並不適用於每一個人身上，同樣的，我的邏輯恐怕也不適合你。我會不斷重覆強調，要你找出屬於你自己的邏輯，記住！每個人都不見得是世界第一，但絕對是唯一！唯有你認清自己心裡的邏輯、你才能真正找回真正的自己！

請確定，你可以記住這十二樣物件，因為這十二樣物件代表十二個記憶磚塊，如果你可以利用磚塊相吸的原理，將十二個記憶磚塊牢記在腦海中，那麼接下來的英文單字課程，你一定可以駕輕就熟，因為你慢慢會發現，英文的單字，最多只不多是三四個磚塊相吸而已！

始業式 ▼

hot mole weapon
rot quiet emit rood tooth koala fast anger single ankle
doll fat zoo

n wind mars planet comet butt sweat chat bride weapon button buffalo

chin wrist mars planet comet butt sweat chat bride weapon
button buffalo ample carrot quiet
emit rood tooth koala fast anger single ankle ▶▶▶
fool flu mask vest scarf adept bluff
fling foe doll diet cure
allow drawer cruel shrimp
role uniform toy tail

chin wrist mars planet comet butt sweat chat bride weapon
button buffalo ample carrot quiet emit rood tooth koala fast anger single ankle tool flu mask
vest scarf adept bluff ling foe doll diet cure
allow drawer cruel shrimp role uniform toy tail report move heat chin wrist mars planet comet butt sweat chat
bride weapon button buffalo ample carrot quiet emit rood tooth

s planet comet butt sweat chat bride weapon
button buffalo ample carrot quiet
od tooth koala fast anger single ankle
ol flu mask vest scarf adept bluff
g foe doll diet cure allow drawer
cruel shrimp
role uniform toy tail report
move heat chin
wrist mars planet comet
butt sweat chat bride
weapon button buffalo
ple carrot quiet emit rood tooth

吸英大法
▶▶▶ 開課囉！

chin wrist mars planet comet butt sweat chat bride weapon
button buffalo ample carrot quiet
emit rood tooth koala fast anger single ankle
tool flu mask vest scarf adept bluff
ling foe doll diet cure
allow drawer cruel shrimp
role uniform toy tail
report move heat chin wrist mars planet comet
butt sweat chat bride weapon button buffalo
ample carrot quiet emit rood tooth

chin ... weapon
... rood tooth koala fast anger single ankle fool flu mask
... heat chin wrist mars planet comet butt sweat chat
... tooth

chin wrist mars planet comet butt sweat chat bride weapon
button buffalo ample carrot comet
emit rood tooth koala fast anger single ankle
fool flu mask vest scarf adept butt
fling foe doll diet cure
allow drawer cruel shrimp
role uniform toy tail
report move heat chin wrist mars ... comet
butt sweat chat bride weapon ... buffalo
ample carrot ... emit ...

第一式

基礎式 ▶▶▶

仔細瞧瞧以下這些單字，你認識的有幾個？全部都認識嗎？別太高興，別以為你可直接跳進吸英大法第二式。記住，你要顛覆以往的記憶方式，重新進入另一種記憶思維。

如果你一個都不認識，那真是太好了！這樣才能顯示陳光老師吸英大法的功力嘛！別擔心，跟著我，一步一步的做，只要你有耐心，跟著我確實的做，保證你很快就可以跟這些單字做好朋友囉！

---

chin、wrist、Mars、planet、comet、butt、button、buffalo、sweat、chat、obese、bride、weapon、temple、blame、breathe、groom、ample、carrot、quiet、emit、rood、koala、Greek、mango

---

你發現了嗎？這些單字其實看起來都蠻簡單的對不對？有些字可能還讓你有似曾相識的感覺吧？好像是這個意思，又好像是另外一個意思，可是，想了半天，你還是不能肯定的告訴我這個單字到底是什麼？別再傷腦筋了，跟我一起來看看，怎麼把這些單字刻在你的腦海裡，永遠不忘記吧！

基礎 1
chin

記憶步驟 1　**確認中文**：確認中文意思或轉換成自己可理解的文字

　　chin這個字是下巴的意思，下巴是什麼？下巴在哪裡？摸摸你嘴巴下面，那就是下巴。 把下巴轉成可理解的文字，我們要記憶起來，就變得容易。

記憶步驟 2　**將英文轉碼**：尋找線索

　　這時你必須同步確認英文的發音，因為英文發音可以幫助你的邏輯思考。

　　chin，我們要建立一個可以幫助我們邏輯思考的線索。想想看，chin這個字有什麼和它長得十分類似的字嗎？如果沒有，那麼可以用中文來輔助，chin這個字念起來是不是有點像中文的「親」這個字呢？ OK，那麼就用「親」來當做我們記憶這個字的線索吧！

記憶步驟 3　**鎖碼**：將英文單字和中文鎖起來

　　chin、**下巴**、和**親**之間看起來好像沒什麼關係，可是，這個時候我們一定要運用我們的邏輯思考能力，將這些沒有關係的訊息連結起來，而且還要牢牢的鎖住才行。 所以，趕快發揮你的思考力，想想看，**chin**、**下巴**、和**親**可以有什麼關係吧！

　　還沒想到嗎？那麼就參考一下我的邏輯思考吧！ 我是個很浪漫的人，因此，想到 Chin、下巴、和**親**我馬上就會想到「親親(chin)情人的下巴」，哇！你想這個單字我是不是一輩子都忘不了了呢？

◎ chin 的轉碼、鎖碼過程

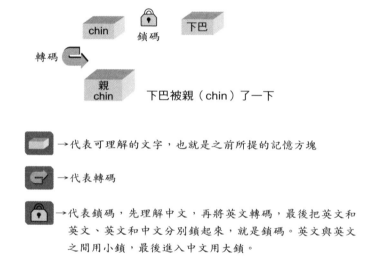

> → 代表可理解的文字，也就是之前所提的記憶方塊

> → 代表轉碼

> → 代表鎖碼，先理解中文，再將英文轉碼，最後把英文和英文、英文和中文分別鎖起來，就是鎖碼。英文與英文之間用小鎖，最後進入中文用大鎖。

　　chin 是親，親什麼呢？當然是親情人的下巴，所以看到 chin，你馬上就可以知道這是下巴的意思了。

事實上，我們上一篇講的，鬼火「燒」到嬰兒，嬰兒「爬」在靈山上……一共有十二個磚塊，這十二個磚塊你都可以記得住，在這裡只是簡單的下巴和chin兩個磚塊，又怎麼難得倒你呢？

超強記憶術之——轉碼

小時候玩過磁鐵嗎？磁鐵有正負兩極，想要讓兩個磁鐵緊緊相吸，一定要讓磁鐵的正負兩極相對，不然要是同是正極或同是負極，兩個磁鐵一定會互斥而無法吸住。

記憶英文單字的過程也是這樣，你必須找到正確的方法，把英文單字緊緊吸附在你腦中原本已知的磚塊上，這樣就算你想忘也很難忘掉。但是就像磁鐵必須調正角度才能相吸一樣，你要記憶英文單字，也必須找對方法，把英文單字的角度調到和你腦中已知可以相吸的角度，這樣才能將單字緊緊吸住。這個步驟，我稱之為「轉碼」。

先前提到了用中文去吸住英文，比如說「chin」轉成了已知的「親」，這就是一種轉碼。這就像是把我們腦中的中文當做是磁鐵，把它角度調正，去吸附住英

文單字，讓它們永難分開！如此一來陌生的英文單字和我們熟悉的中文產生關聯，我們循著中文的這條記憶線索，循線找到、記住了英文單字，這就好像在我們既有的中文基礎上，再堆疊其他的磚塊一樣，而這個轉碼的過程，就是我一再強調的邏輯推理。利用邏輯推理，衍生出龐大的記憶能量！

把不可理解的資訊轉成可以理解的；把那些難記的，轉成好記的。

我們要利用這些可以看得到的、已經深植在我們記憶中的形象來幫助我們記憶。透過邏輯，啟動我們自己的直接反應，將物件轉碼儲存。好比說「親」這個字以及這個動作，就是深植在我們腦中既有的，藉由著「親」這個熟悉的磚塊，來吸附住 chin 這個陌生的、未知的磚塊，就好像是兩塊磁鐵一樣，緊緊相吸，再也不分開。於是當你念著「親」的時候，就可以接連著記住、拼出 Chin 這個單字了。

邏輯記憶，就是用那些舊有的已知的磚塊引申而來的，用這些舊有的磚塊去砌一面牆，當然很好，只是你能砌幾道牆呢？你的磚塊若是有限，磚塊用完了，該怎麼辦？

所以六歲之後就要不停的累積磚塊。我們該做的事

是，迅速增加你的磚塊，大量倍增已知，六歲之後，我們要拿這些磚塊蓋房子，建構出記憶的城堡，隨時把這些磚塊做最有效的利用。

這就好像我們以前在學認字寫字的時候，總是先從筆劃學起，然後再學部首，再來是單字、詞句，最後才是文章。這就是一個磚塊堆積的過程。我們從筆劃→部首→單字→詞句→文章，在這過程當中，每一個步驟都是必須利用到我們已經學過的已知來堆疊我們日後的知識。

再舉個簡單的例子，現在桌上擺了兩種紙，一張紙上面寫著：「蘭棹舉，水紋開，競攜藤籠採蓮來。」；另外一張紙上寫著：「船上有幾個人拿著竹籠在採蓮花。」

先看一下兩張紙，然後你可以到處溜達一下，幾分鐘後你再回想一下這兩張紙上的內容。你覺得哪樣東西比較容易記下來呢？

絕大多數的人記得的是後者，而前者，可能只記得一句或兩句。

其實兩個都是一樣的東西，只是文言文對許多人來說是不可理解的文字，更是降低了記憶的層級。於是大

腦必須先轉化文字的意思，將文字轉成右腦能理解的
階段，提升到可以記憶的層級。

請訓練自己的腦袋有能夠將記憶元件轉碼的功能。讓
這些難以記憶的物件轉化成能夠記憶、好記的資訊。

有時候我們不一定要文字轉文字，好比說我的名字
「陳光」，如果你已經認識我，那麼看到「陳光」這兩
個字，你自然而然會聯想起我的樣子，把「陳光」這
兩個字轉碼成我的樣貌，對你來說，要記得「陳光」
這個名字就不是難事了。

不過要是你對我一無所知，那麼要怎麼記住我的名字
呢？你可以把我的名字轉碼，讓它成為「早晨第一道
陽光」，也就是晨光。

不過你會問：「晨光」和「陳光」畢竟不同呀！這時
候你就必須再確認文字是不是正確，確認過後，一樣
可以正確記憶「陳光」這個名字。

背英文單字過程中，確認文字也很重要。不論用什麼
方法記下的單字，一定要做到文字拼法確認的動作。

當資訊轉碼之後，接下來要做的工作就是鎖碼，把資
訊鎖起來，鎖在我們的腦袋裡。

超強記憶術之──鎖碼

所有的已知，都是我們的記憶磚塊，也都是我們的記憶空間，我稱之為記憶庫。新的資訊，就是要牢牢地鎖進這些記憶庫裡。

鎖不能亂鎖，要依照邏輯鎖。但一般人沒學過記憶法，於是就只能碎碎念，利用這個方法想把記憶鎖在腦中。什麼人才會碎碎念？乩童才會碎碎念！重點是在念完之之後，你全都記得嗎？

鎖碼的過程就像是把資料擺進保險箱，如果隨便亂放，不只浪費空間，甚至會讓資料遺失在錯綜複雜的資料大海中。

基礎 2
wrist

記憶步驟 1　確認中文：確認中文意思或轉換成自己可理解的文字

wrist 是手腕，先轉一下中文，手腕是在哪裡。摸摸自己的手腕，好，我們知道手腕在哪裡了。

記憶步驟 2　轉碼：將英文轉碼並建立線索

當然在這裡我們必須要注重英文的發音。

念念看，記憶中有跟他類似的英文字嗎？沒有，那麼我們同樣地利用母語來轉化。 wrist 唸起來有點像是「瑞士的」，所以瑞士是我們的記憶線索。

記憶步驟 3　鎖碼：將英文單字和中文鎖起來

手腕、瑞士，該怎麼連結呢？瑞士的手錶很有名，還有瑞士小刀。好，手腕和瑞士小刀，拿瑞士(wrist)小刀來割手腕，嗯，太血腥了，還是用瑞士手錶好了，「我的手腕上戴著有名的瑞士(wrist)手錶」。

看到了嗎？你看到的是自己的手上帶著一隻瑞士手錶？還是看到你的手腕被瑞士小刀劃的亂七八糟呢？

現在把書本合上，試試看，你是不是已經知道 wrist 這個字的意思了呢？是不是輕輕鬆鬆就把它記起來呢？

◎ wrist 的轉碼、鎖碼過程

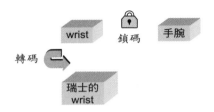

我的手腕上帶著有名的瑞士（wrist）手錶

基礎3
mars

記憶步驟 1 **確認中文：**確認中文意思或轉換成自己可理解的文字

mars，火星，字母很少，只有四個，但是要先理解什麼是火星，火星讓你想到什麼？一個紅色光禿禿的大球嗎？還是長的像章魚的外星人呢？隨便，請用你自己的直覺及邏輯來理解。

記憶步驟 2 **轉碼：**建立線索

記憶中似乎沒什麼已知的單字跟他類似，簡單點，請我們的母語來幫忙磁化。Mars ＝罵死

記憶步驟 3 **鎖碼：** 將英文單字和中文鎖起來

　　火星，罵死，火星人來打地球，罵死火星，讓他們知難而退。

◎ mars 的轉碼、鎖碼過程

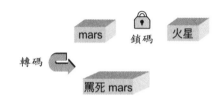

火星人被罵死（mars）

基礎 4
planet

記憶步驟 1 **確認中文：** 確認中文意思或轉換成自己可理解的文字

　　planet，行星。行星比火星更難理解，這麼說吧，太陽是行星還是恆星？什麼是行星呢？我知道太陽系有九大行星，太陽是恆星，不是行星。可是不知道的人怎麼辦呢？於是我們必須把行星轉成我們能夠理解的文字。先以注音來看ㄒㄧㄥˊ‧ㄒㄧㄥ，行星，行動的星星，有沒有看到一隻星星在動來動去呢？

記憶步驟 2 　**轉碼**：將英文轉碼並建立線索

　　接著再把英文轉碼，怎麼轉？唸一唸，planet，不練的，有
點怪怪的。

　　不過最恰當的方式，也就是以英文本身來上鎖。planet 裡，
我們有個熟悉的單字，「plan」（計畫）還有 ET，外星人 ET。
plan 加上 et，串起來是不是就成了 planet？

記憶步驟 3 　**鎖碼**：將英文單字和中文鎖起來

　　好，九大行星是外星人的計劃？隨你的邏輯，我們串起來了，
讓自己看到這狀況。但是請記得要確認文字，九大行星：行星；
「plan」計畫，「et」外星人。

◎ planet 的轉碼、鎖碼過程

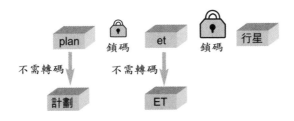

九大行星的計畫(plan)是外星人(et)的

基礎5
comet

記憶步驟 1 **確認中文：**確認中文意思或轉換成自己可理解的文字

comet彗星，什麼是彗星？

哈雷彗星、彗星撞地球，我們大概可以知道彗星是什麼，當然，如果你真的還無法理解彗星到底是什麼，那麼最好想點別的聯想。如果你對慧星沒有感覺，那麼就借用一下美女明星「許慧欣」吧！

記憶步驟 2 **轉碼：**將英文轉碼並建立線索

再來處理英文，我們將英文轉碼成我們可以理解的文字，唸唸看，似乎聲音無法觸動我們對於comet這字的已知邏輯。如果不行，那就看看字形，記憶中，我們對於英文的已知有沒有類似可以運用的。comet？好像有，把最後的T扣掉，就成了「come」（來）。那 t 怎麼辦？t 可不可以變成「踢」？

記憶步驟 3 **鎖碼：**將英文單字和中文鎖起來

許慧欣來踢了一下、彗星・COMET。記下來了嗎？也許你不認識許慧欣或根本不知道她這個人，那麼你可以想成是慧星來踢(t)地球，請不要跟著我的邏輯，你可以另闢蹊徑，唯有用你自己的邏輯理解的記憶，才是最適合你的。

◎ comet 的轉碼、鎖碼過程

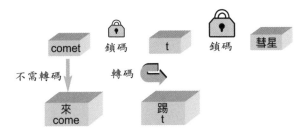

彗星來(come)踢(t)地球

基礎6
butt

記憶步驟 1　**確認中文**：確認中文意思或轉換成自己可理解的文字

　　butt，屁股，更是不用多做解釋，我想屁股是個不需要解釋的字詞吧，該沒人不知道吧。

記憶步驟 2　**轉碼**：將英文轉碼並建立線索

　　那麼就剩下英文了，如何讓英文與中文磁化串連加強記憶，這就需要邏輯的思考及排列。

　　看看butt這個字，很清楚地就看到了我們知道的單字：but在加個t。

　　但是，我們知道but這個詞是「但是」的意思，好吧！再來利用母語來轉化 t 吧。唸一下，but（但是）t（踢），分出來了，

已經將英文磁化了。接著我們加入自己的邏輯，讓兩個意思連在一起。

記憶步驟 3 **鎖碼：**將英文單字和中文鎖起來

「但是(but)，讓我踢(t)一下你的屁股。」

請讓自己看到，當你以邏輯思考排列時，請讓你看到你的邏輯所畫下的圖，這是你的已知，你的邏輯，誰都搶不走

◎ butt 的轉碼、鎖碼過程

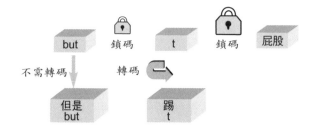

但是(but)讓我踢(t)一下你的屁股(butt)

基礎 7
button

記憶步驟 1 **確認中文：**確認中文意思或轉換成自己可理解的文字

button，按鈕，六個字母。按鈕，我想一點也不需要解釋。手機上有按鈕，遙控器上有按鈕。

記憶步驟 2 **轉碼**：將英文轉碼並建立線索

再來我們將英文磁化，button，先觀察一下這個字，有沒有發現裡面有個我們剛才才記過的字？對！就是 butt 屁股。把 button 按鈕這個字拆開，得到了 butt・on。別告訴我你不知道什麼是 butt，這字你剛才才記憶過，而這很快就成為你所需的已知了。on，有「在什麼上面」的意思。

這樣的概念，也同樣地可以延伸到你所需要記憶的其他單字上。記住，當你會的越多，所可以利用的已知就越多，而這些環環相扣，都會成為你已經具備的知識。

記憶步驟 3 **鎖碼**：將英文單字和中文鎖起來

上面有個按鈕！按一下不知道會怎麼樣？」

最後再回頭確認文字，確定無誤，你還會說記單字很難嗎？

◎ butt 的轉碼、鎖碼過程

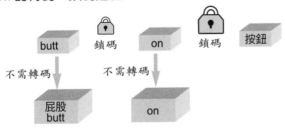

屁股(butt)上有(on)按鈕

基礎8
buffalo

記憶步驟 1　確認中文： 確認中文意思或轉換成自己可理解的文字

　　buffalo，水牛。知道什麼是水牛嗎？確認中文意思，在水田裡耕作的牛

記憶步驟 2　轉碼： 將英文轉碼並建立線索

　　七個字母。我們依照音節變成 buff 及 alo 兩部分。

　　順帶一提，「buff」有個意思是什麼什麼愛好者的意思，例如：電影迷叫做 filmbuff，不過你不認識這個字也不打緊。記得前面有個很像 buff 的單字嗎？對！就是「butt」屁股，用 butt 來導出 buff；alo 似乎沒有什麼適合的，連形像類似的都沒有，那就借母語用用吧！alo 唸起來像「噁肉」，那就用肉吧！把 alo 轉碼成肉。

記憶步驟 3　鎖碼： 將英文單字和中文鎖起來

　　「水牛的屁股(butt)有噁肉(alo)」，如何？一下就記起來了吧。

　　但是請確認一下文字是 buff 而不是 butt，你只是借用 butt 來引導出 buff。

　　不喜歡？那麼我們全部都用母語來幫助記憶，buffalo：八分肉，八分熟的水牛肉最好吃。但是，不管你怎麼鎖住記憶，最後

請記得一定要確認文字，確認你所使用的文字符號是正確的。

◎ buffalo 的轉碼、鎖碼過程

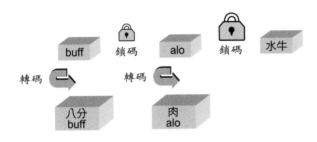

水牛，八分(buff)熟的水牛肉(alo)最好吃

基礎 9
sweat

記憶步驟 1 | **確認中文：**確認中文意思或轉換成自己可理解的文字

　　sweat，流汗。這也不是個很難的單字，流汗的感覺很討厭，全身濕濕黏黏的。很簡單，我們已經確認了中文的意思。接著處理英文，唸一唸，讓我們的聽覺觸動邏輯思維。

　　或者是我們也可以直接用字形來搜尋，搜尋一下記憶裡，在我們已經具備的單字中，sweat，讓你想到什麼？我想到了毛衣sweater。雖然字比較多，但是這是我的已知。

記憶步驟 2　**轉碼：**將英文轉碼並建立線索

請理解，你所具備的已知越多，所能運用的技巧也越多。我把 sweat 用 sweater(毛衣)引導。

記憶步驟 3　**鎖碼：**將英文單字和中文鎖起來

想一下：「穿毛衣(sweater)的人在流汗(sweat)」記下了嗎？讓自己看到一個人穿著毛衣，全身濕答答的卻不脫掉毛衣。

◎ sweat 的轉碼、鎖碼過程

穿毛衣(sweater)的人在流汗(sweat)

有人說 sweat 看起來很像另一個字 sweet(甜)，用 sweet 來引導出 sweat 也不錯，sweet、sweat 甜甜的汗，是不是已經讓你瞬間記下這個單字了呢？

基礎 10
chat

記憶步驟 1 **確認中文：**確認中文意思或轉換成自己可理解的文字

　　chat閒談，先理解一下閒談這個字的意思，三姑六婆最愛閒談，常常看到一堆人聚在一起，聊天閒談，講些沒意義的事。我們確認了閒談的中文意思之後，接著，再來磁化它的英文。

記憶步驟 2 **轉碼：**將英文轉碼並建立線索

　　chat算算只有四個字母，拆字嗎？沒有必要。那要怎麼處理呢？就英文的字面上來看，cat、what都和chat長得很像，如果初期你無法迅速觸動這些邏輯已知，那就只有請我們的母語出馬相助了。再唸一次chat，聽起來像什麼？似乎挺像「缺德」(chat)的。

記憶步驟 3 **鎖碼：**將英文單字和中文鎖起來

　　將英文單字和中文鎖起來。閒談是缺德的(chat)，沒錯吧？聚在一起講別人壞話，實在是很缺德。於是，我們也順利連接了「閒談」這詞了。

◎ chat 的轉碼、鎖碼過程

閒談(chat)是很缺德的

基礎 11
obese

記憶步驟 1 **確認中文：**確認中文意思或轉換成自己可理解的文字

obese 這個字是肥胖的意思，胖嘟嘟極肥的。

記憶步驟 2 **轉碼：**將英文轉碼並建立線索

再來我們念看看 obese，念一念，有沒有讓你聯想到什麼？像不像是台語裡的「挖鼻子」？

記憶步驟 3 **鎖碼：**將英文單字和中文鎖起來

我們是不是可以想，一個人因為太胖，胖到一個不行，胖到連想要「挖鼻子」都挖不到。這個單字是不是已經被你在無意間記下來了呢？

◎ obese 的轉碼、鎖碼過程

肥胖到挖不到鼻子(obese)

基礎 12
bride

記憶步驟 1 **確認中文：**確認中文意思或轉換成自己可理解的文字

　　bride 新娘，第一步，先理解新娘的意思，什麼是新娘？新娘穿著白紗，很漂亮的樣子，想像一下，就不難理解吧！

記憶步驟 2 **轉碼：**將英文轉碼並建立線索

　　接著，處理英文，bride，我們可以在這裡面看到一個我們很熟悉的單字「ride」，騎車，那前面的「b」怎麼辦，b 像是喇叭的聲音。或者先唸一唸吧！bride，念起來像是「不來的」，或者是「不賴的」。

記憶步驟 3　**鎖碼：將英文單字和中文鎖起來**

　　現在我們要開始將轉碼後的英文和中文鎖住，怎麼鎖？想一想，新娘騎車，怎麼騎呢？前面的喇叭，B．B．B，不過，當然不只有這個方法，請容我不厭其煩地再說一次，這些都是我的邏輯分析，而不是你的，你需要以自己的思維邏輯，發展出你的理解。我每個例子中的解讀並不是唯一的真理，而只是要教你觀念。

　　如果在你的理解裡面，bride 是「不賴的」或是「不來的」，你可以想「不賴的新娘」或者是「新娘太害羞，一直講人家不來的。」都好，你愛怎麼玩就怎麼玩，拆文解字，好像在打電動一樣。但是請記得，一定要發展出你的邏輯理解，而不是背別人的邏輯。

　　最後別忘了要確認一下拼法，確認無誤之後，這個單字就變成了你新的已知啦！

◎ bride 的轉碼、鎖碼過程

長得不賴的(bride)一個新娘

基礎 13
weapon

記憶步驟 1 **確認中文：**確認中文意思或轉換成自己可理解的文字

　　weapon 武器，六個字母，兩個音節。什麼是武器？刀、槍、劍、戟、斧、鉞、鉤、叉這些都是傳統的中國武器，至於西洋武器，槍砲彈藥。

記憶步驟 2 **轉碼：**將英文轉碼並建立線索

　　知道中文之後，當然再以英文來分析。「weapon」，似乎無法勾起我們的邏輯。就請母語來相助吧！我們用母語來助我們一臂之力。

　　weapon，這唸來像是「會噴」，就把這個當我們的已知。

記憶步驟 3 **鎖碼：**將英文單字和中文鎖起來

　　怎麼把武器和會噴連結起來？我們直接聯想「會噴的武器 weapon」，連住了嗎？

　　weapon 共六個字母，這個單字我們就在不知不覺中記牢了。

◎ weapon 的轉碼、鎖碼過程

(weapon)會噴的武器

基礎 14
temple

記憶步驟 1 **確認中文：**確認中文意思或轉換成自己可理解的文字

temple，寺廟，台灣到處都是寺廟，龍山寺、圓通寺、行天宮、孔廟都是。這個字中文我們都瞭解。於是我們直接看英文。

記憶步驟 2 **轉碼：**將英文轉碼並建立線索

唸一唸，有個字跟temple感覺很像，tempo拍子。

我們也可以用中文來聯想英文。唸唸temple，聯想到什麼？電波、顛簸。都可以。

記憶步驟 3 **鎖碼：**將英文單字和中文鎖起來

怎麼把寺廟temple和電波連結在一起？「寺廟發出了電波

(temple)」，或者你知道 temple 其實和 tempo 節奏這個單字很像，因此我們可以試著用 tempo 來鎖住 temple，廟裡和尚念經都很有節奏，似乎是照著拍子在念的。如何？

請記住，一切都是你自己的邏輯，那是任何人都搶不走的。

◎ temple 的轉碼、鎖碼過程

寺廟發出了電波(temple)

基礎 15
blame

記憶步驟 1　**確認中文**：確認中文意思或轉換成自己可理解的文字

blame，責備。只有五個字母，責備是什麼意思，你一定知道。想想自己做錯了事情，被老師責備或被父母責備，那種滋味不好受吧！

記憶步驟 2 　**轉碼**：將英文轉碼並建立線索

唸一唸，blame，讀起來像什麼？被念！

那麼就讓「被念」來幫助我們記憶這個單字。

記憶步驟 3 　**鎖碼**：將英文單字和中文鎖起來

被念(blame)，當然就是被責備囉！

這樣很簡單，而且很快速，這是我的邏輯，我在第一時間內可以反應出來，你呢？你的邏輯是什麼？

最後再來確認文字一下，確認你記的 blame 拼字無誤。

◎ blame 的轉碼、鎖碼過程

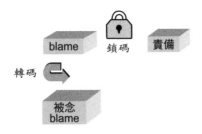

基礎 16
breathe

記憶步驟 1　確認中文：確認中文意思或轉換成自己可理解的文字

breathe，動詞，呼吸，什麼是呼吸，你隨時隨地都在呼吸，應該沒有人不知道什麼是呼吸吧！不呼吸恐怕就是有生命危險了！

記憶步驟 2　轉碼：將英文轉碼並建立線索

我們還是依照順序來。利用母語來做轉換，幫助我們記憶。

breathe，念一念，記住，發音是有助你記憶的，有沒有覺得這個字念起來很像「不利死」？還是你有更好的想法呢？

記憶步驟 3　鎖碼：將英文單字和中文鎖起來

現在讓我們加入邏輯思維：「只要呼吸了，那就不利死(breathe)。」沒錯吧！呼吸了就會活得好好的，不利死。

接著就確認文字，呼吸 b・r・e・a・t・h・e 不利死。如果你還沒有悟出你自己的一套邏輯，請一定要加油。因為唯有你自己的邏輯轉碼，才是最徹頭徹尾屬於你的，也是最有效率的。

◎ breathe 的轉碼、鎖碼過程

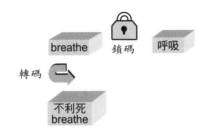

基礎 17
groom

記憶步驟 1 **確認中文**：確認中文意思或轉換成自己可理解的文字

　　groom，馬夫，馬夫是什麼？其實就是馬場裡養馬的人，或者以前幫人駕駛馬車的人也叫做馬夫。瞭解了嗎？確認了中文意思之後，再來做下一步。

　　稍微分解一下，我看到的是 g・room。

　　room，大家都知道這個字表示房間。

　　g，用我們的聲音來幫助磁化，我想到了「雞」。

　　磁化完畢之後，我們再把這些磁鐵連接起來吧！

記憶步驟 2 **轉碼**：將英文轉碼並建立線索

　　馬夫・g・room，依照我的邏輯，我連接的結果是：「馬夫把雞放在房裡養。」馬夫在馬場要養馬，還要養雞，挺忙得嘛！

記憶步驟 3 **鎖碼：**將英文單字和中文鎖起來

總之，這是依照我的邏輯所串連的結果，你要開發出屬於你的，最後再確認文字。隨著你的技巧越來越熟練，就會越來越快，越來越正確。

◎ groom 的轉碼、鎖碼過程

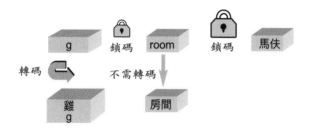

馬夫(groom)把 g（雞）放在房裡(room)養

基礎 18
ample

記憶步驟 1 **確認中文：**確認中文意思或轉換成自己可理解的文字

ample 寬敞的。什麼是寬敞的？想像一下寬敞的操場、寬敞的教室、和寬敞的房間。現在你知道寬敞的意思了。

記憶步驟 2 **轉碼：**將英文轉碼並建立線索

這個字該怎麼記？念一念，ample，有沒有讓你想起什麼字？它念起來和apple像不像？ 太好了！我們就可以利用apple來幫助我們記憶。

記憶步驟 3 **鎖碼：**將英文單字和中文鎖起來

怎麼把apple和寬敞連結在一起？讓我們加進一點邏輯：寬敞的(ample)房間裡堆滿了apple，確認一下文字是ample。不過可能有人覺得它不像apple，而比較像我們剛學過的temple寺廟，其實都可以，只要你自己想出來的邏輯都沒問題，你可以想，有一個寬敞的(ample)寺廟temple。

◎ ample 的轉碼、鎖碼過程

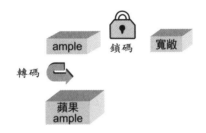

寬敞(ample)的房裡堆滿apple→確認文字是ample不是apple

基礎 19
carrot

記憶步驟 1 　**確認中文：**確認中文意思或轉換成自己可理解的文字

　　carrot胡蘿蔔，什麼是胡蘿蔔？小白兔最喜歡吃的，就是胡蘿蔔。

記憶步驟 2 　**轉碼：**將英文轉碼並建立線索

　　在這裡我們要從字面來看，carrot 裡面有沒有我們學過的單字？有！car車子是我們很熟悉的字，別告訴我你不認得這個字。

　　後面呢？rot是腐爛，腐敗的意思，如果台灣獨立變成台灣共和國就是Republic of Taiwan，縮寫就是ROT。你認得這個字當然很好，要是你不認得，那麼我們就必須轉一下。Rot看起來有一點像是老鼠rat，所以我們就可以利用老鼠rat來幫助我們記憶啦！

記憶步驟 3 　**鎖碼：**將英文單字和中文鎖起來

　　車裡子載滿了胡蘿蔔，不過有老鼠rat躲在裡面把胡蘿蔔咬住，所以carrot是不是就記住了呢？或是看看這個o，是不是像是空心的？所以胡蘿蔔在車子裡是空心的＝ carrot 。

　　不過你可能不服氣，rot這個字我明明就認識，幹嘛還用rat或空心去轉一圈呢？當然囉！我不是說了嗎？以你的邏輯為主囉！別跟著我走！

◎ carrot 的轉碼、鎖碼過程

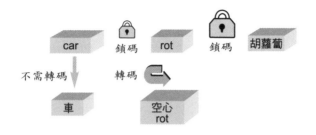

老鼠rat躲在車car裡把胡蘿蔔咬個空心r "o" t

基礎 20
quiet

記憶步驟 1　**確認中文**：確認中文意思或轉換成自己可理解的文字

quiet安靜，什麼是安靜？噓～安靜點不要吵！

記憶步驟 2　**轉碼**：將英文轉碼並建立線索

　　仔細看看，q・u・i・e・t共五個字母，這個字有沒有讓你想到什麼其他的單字？queen皇后，有沒有很像？如果你說：我不認識queen這個字，那也無妨，你可以用自己的方法記住這個字。

　　好的，我現在用queen來推想，但這個字明明是quiet呀！所以除了qu這個開頭之外，後面還有iet，這個部份我把它看成是i + et，I我們知道就是「我」的意思，再來et我就想成是外星人

ET，如此一來就可以想辦法連結起來。

記憶步驟 3 **鎖碼：**將英文單字和中文鎖起來

　　皇后(queen)、我(I)和ET，我們三個人在幹嘛？我們三個人都很安靜。

　　或者是你也可以想成皇后(queen)叫我(I)和ET要安靜，皇后的威嚴令人不敢不從呀！這樣是不是就輕鬆記起來了呢？

◎ quiet 的轉碼、鎖碼過程

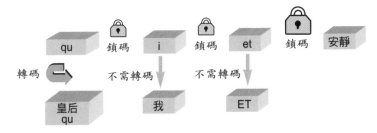

基礎 21
emit

記憶步驟 1 **確認中文：**確認中文意思或轉換成自己可理解的文字

　　emit發射，什麼是發射？火箭發射、弓箭發射，你知道發射意思了嗎？

記憶步驟 2 | **轉碼：**將英文轉碼並建立線索

這個字乍看之下你可能很陌生，但是試著把它倒過來看呢？time 這個字你可就認得了吧！沒錯！我們就可以利用時間 time 來幫助我們記憶這個單字！

記憶步驟 3 | **鎖碼：**將英文單字和中文鎖起來

time 倒過來寫就是發射，那麼想一下，倒數計時，是不是就要發射了呢？很簡單吧！

◎ emit 的轉碼、鎖碼過程

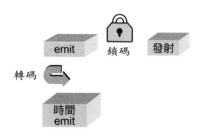

倒數計時 emit 就要發射

基礎 22
rood

記憶步驟 1 **確認中文：**確認中文意思或轉換成自己可理解的文字

　　rood十字架，什麼是十字架？看過教堂嗎？教堂上總有十字架，而耶穌就是被釘在十字架上！

記憶步驟 2 **轉碼：**將英文轉碼並建立線索

　　和emit一樣，乍看之下覺得這個字很陌生，不過把它倒過來看，就變成了door門，門這個字你一定認得吧！

記憶步驟 3 **鎖碼：**將英文單字和中文鎖起來

　　門的後面掛了一個十字架，所以就是rood，很好記吧！

◎ rood 的轉碼、鎖碼過程

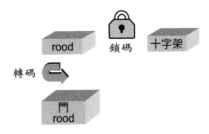

門(door)的後面rood有十字架

基礎 23
koala

確認中文：確認中文意思或轉換成自己可理解的文字

　　koala無尾熊，什麼是無尾熊？想想動物園裡那兩隻可愛的、看起來一臉無辜的、愛睡覺的無尾熊，現在知道什麼是無尾熊了嗎？

轉碼：將英文轉碼並建立線索

　　你念一下這個單字k・o・a・l・a，念起來是不是有點像「可愛啦」？

鎖碼：將英文單字和中文鎖起來

　　動物園裡的無尾熊是不是很可愛，讓人一看到就忍不住大喊「可愛啦」！

◎ koala 的轉碼、鎖碼過程

無尾熊，真是可愛啦koala

基礎 24
Greek

確認中文：確認中文意思或轉換成自己可理解的文字

　　Greek 希臘，我們常在電影裡看到藍天白雲、風景如畫的希臘，就是這個字。

轉碼：將英文轉碼並建立線索

　　該怎麼記呢？念一念 greek，聽起來像什麼？是不是有點像「鬼嗑」？怎麼用鬼嗑來記下希臘呢？請看下一個步驟！

鎖碼：將英文單字和中文鎖起來

　　幻想一下，希臘的鬼都會嗑瓜子，或嗑指甲，隨便，只要你覺得好記，都可以。這麼一來，是不是就幫你輕輕鬆鬆記下這個單字呢？

◎ Greek 的轉碼、鎖碼過程

希臘的鬼都會嗑瓜子 Greek

基礎 25
mango

記憶步驟 1 **確認中文：**確認中文意思或轉換成自己可理解的文字

mango 芒果。夏天最好吃的水果，就是芒果。

記憶步驟 2 **轉碼：**將英文轉碼並建立線索

把字拆開來。man + go ，利用 man 和 go 來記憶這個單字。

記憶步驟 3 **鎖碼：**將英文單字和中文鎖起來

man 是男人的意思，go 是走，這兩個單字我們本來就認識。想像一下一個男人手上抱很多芒果走過去，是不是就組成了夏天好吃的水果 mango？

又或者其實 mango 這個字念起來就很芒果，你也可以利用這樣去記喔！

◎ mango 的轉碼、鎖碼過程

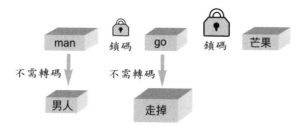

男人 man 抱著芒果走掉 go

基礎 26
tooth

記憶步驟 1　**確認中文**：確認中文意思或轉換成自己可理解的文字

　　tooth，牙齒，沒人不知道牙齒是什麼吧！它的複數是 teeth，通常我們說到牙齒的時候不只有一顆，所以我們會比較常使用到的字是 teeth。不過今天這個字是 tooth，所以我們還是拿 tooth 來講解。

記憶步驟 2　**轉碼**：將英文轉碼並建立線索

　　tooth，念念看，像不像「吐死」。

記憶步驟 3　**鎖碼**：將英文單字和中文鎖起來

◎ tooth 的轉碼、鎖碼過程

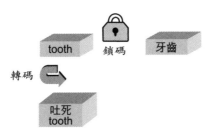

小心吞了牙齒就會吐死 tooth

◆◆ 外來語為什麼特別好記？

我說到這裡，你有沒有一種很熟悉的感覺？其實這樣的方法你可能早就已經用過。你仔細回想一下，「蕃茄」這種水果的台語怎麼說？是不是「他媽豆」？這個念法和英文中的TOMATO是不是十分相似？其實這就是外來語。

在台語當中有許許多多的外來語，就是這麼來的。又好比說收音機在台語裡面念做「拉機歐」，聰明的你一定猜到了，它的來源其實就是英文的radio。如果你會說台語，那麼這些英文字對你來說是不是特別好記？為什麼？理由很簡單，因為這是你熟知的語言。

像這樣的外來語在日文裡最常見，比如說我們在台語中所說的方向盤，是不是念做「韓豆路」？在你的腦海裡有沒有和這個字發音很相近的字？找到了嗎？是不是handler？ 事實上這個字在英文裡是「操作者」，「管理者」的意思，但是到了日本再到台灣，它竟變成了方向盤！英文方向盤的正確說法是「steering wheel」，不過這個說法並不存在我們的生活當中。人們對於找不到線索的字彙比較難去記憶，不信你看handler和steering wheel這兩個單字哪一個好記？

想想你平常所說的日常用語，裡面或許就偷偷藏了英文在裡

面！當這些字變成了貨真價實的英文，對你來說，是不是特別好記？因為這些外來語就是我們的已知，取材自我們已知的東西，當然就特別好記囉！

這和我教你的記憶方法是一樣的道理，一旦這些字和你熟悉的語言有了關連，想要記住這些單字，就不是難事！

【練習題】

把其他的英文單字記下來，試試看要花多少時間？

ankle 腳踝、Fool 傻瓜、flu 流行性感冒、mask 面具、vest 背心、scarf 圍巾、adept 高手專家、bluff 陡峭的、fling 用力投擲、foe 仇人、doll 娃娃、diet 節食、cure 治療、allow 准許、drawer 抽屜、cruel 殘忍、shrimp 蝦子、role 角色、uniform 制服、toy 玩具、tail 尾巴、report 報告、move 移動、heat 加熱

記得我所說的，要用自己的邏輯嗎？剛剛書上所列舉的，都只是我自己的想法，我會不斷提醒你，要照著自己的邏輯走。我記得有人在教英文單字記憶時曾這麼說：

『噴泉，英文是 fountain，怎麼去記呢？很簡單，請這麼想，fountain 念起來跟沸騰的發音很像。所以我們這樣想，噴泉為什麼會噴呢？因為他沸騰了，所以噴泉是 fountain，請讓自己看到那個畫面，噴泉沸騰，「噗」的一聲噴了出來』。

但是我怎麼想都覺得一看到 fountain 就讓我聯想到 mountain。而 mountain「山」是我們學英文過程中相當基礎的單字，幹嘛去硬記：噴泉因為『沸騰』了所以會噴，因此噴泉是讀音很像沸騰的「fountain」這種不屬自己的邏輯呢？

再者，小學生或許會問：什麼是沸騰？這個詞對小朋友們來說可能是完全沒有概念的，那麼，要怎麼叫小朋友們把 fountain 記住呢？

就像說到「A」這個字母符號，一般人直覺聯想大概都是 apple（蘋果）。然而，會不會有人想到的是 Armageddon（世界末日）呢？也許會有吧！

切記！任何要記的東西，都必須按照自己的邏輯去記憶，我自己所設定的一套邏輯未必適合你。這也是為什麼坊間教你背英文單字的書沒有用的原因，因為他們是硬把自己的邏輯塞給你，你又怎麼能記住別人的邏輯呢？我只是教你方法，請記住，你必須找到自己的邏輯，按自己的方法記憶。

　　說到這裡，相信各位讀者已經可以非常了解接下來的單字該怎麼做、怎麼記了。除了邏輯和推理之外，在記憶英文單字的過程當中，我也想把一些記憶的原理以及技巧傳授給大家。俗話說，給你魚吃不如給你一根釣竿，並且傳授你釣魚的技術，學會了這些技巧，包你無往不利，不要說四百個，就算是四千個單字，照樣能記住不忘

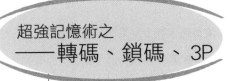

超強記憶術之
──轉碼、鎖碼、3P

轉碼、鎖碼過程

綜觀整個超強記憶術，方法五花八門，但是歸根就底就只有三個步驟：轉碼、鎖碼、三 P。這三個步驟，就是我所說的記憶三部曲。

轉碼和鎖碼我在前面已解釋過，「轉碼」是為了要建立線鎖，「鎖碼」則是要將原本不相關的記憶磚塊用邏輯鎖起來，然後牢牢地鎖在我們的記憶庫裡。

要怎麼樣才把資訊牢牢鎖住，而且保證永遠不忘？這時我們就需要 3P 了，你可不要看到三Ｐ就想到色情光碟，如果你想要過目不忘，看到什麼就記得什麼，三Ｐ的理論你可一定要學。

遺忘是我們腦袋裡相當重要的一個程式，透過遺忘，我們可以刪除掉不需要的資訊，透過遺忘，我們可以拋掉一些我們不想記得的東西。

過目不忘的人其實很痛苦啊！如果你是一個過目不忘、絕對不會忘記事情的人，你最好保佑自己不會不小心看到出殯靈車上的照片。因為，你會永遠記得遺像裡的那個笑容，照片裡的人每晚會很親切地對著你笑！

如果你是個不會忘掉任何事的人，你更要保佑自己不會在路上目睹什麼意外現場，你絕對不希望看到路邊的車禍，尤其是一片血肉模糊的樣子。身為一個不會忘記事情的人，你覺得永遠記得這樣的影像對你有什麼好處，對你的一生又有什麼影響？

所以有時候，遺忘是件好事。

你忘掉的第一件事情是什麼？是第一次父母親罵你？還是第一個鬼故事？當你第一次接收到負面的訊息時，你大腦中的遺忘機制便開始啟動。如果不懂得遺忘，你就只記得父母的責備和鬼故事裡恐怖的情景，這對你未來的生活將造成影響，讓你變得自卑，或是恐懼。

這就是為什麼我們腦中存有遺忘機制的原因。但我們在記憶的過程當中，必須要克服遺忘這個機制，讓存進腦中的資訊不被遺忘，所以我們需要3P，P表示練習，要重複練習三次。

為什麼要練習三次？因為資訊記到我們腦中，大腦本身並不會判斷這資訊是重要還是不重要，純粹以使用率來決定，如果你常常使用這項資訊，大腦就會判定這項資訊是重要的；換句話說，你越常使用的資訊，越會被記住。

八小時是個很恰當的時間，通常經過八小時，我們就會逐漸遺忘我們記得的新資訊。當我們學習一樣新東西時，自行拿捏八小時左右。要讓自己回想一次，這等於是做了個資訊提存的動作，讓大腦知道這段資訊有用的。

如果不是八小時回想一次，而是兩小時、四小時，甚至兩天後、三天後，可不可以呢？

我們大腦裡有個遺忘曲線，它的週期正好就是八小時！所以要是你不滿八小時就去回想，這時記憶猶新，恐怕對於幫助你長期記憶，起不了太大的作用！就像是 3M 貼紙一樣，不斷地撕貼、撕貼，本來已經不太黏的貼紙會變得更不黏，隨著貼紙黏性越來越弱，於是就掉了，最後還忘的一乾二淨。

如果沒有藉由間隔八小時回想，大腦會自動認知這是不重要的資訊，會開始清除這段記憶。請記得一定要在當天回想三次，讓資訊能夠由短暫記憶進入永久記憶。

陳光老師要提醒你，一天背得多並不代表你就記得多！因為睡覺的時候這些記憶的痕跡都會被修補掉！所以如果記憶不夠深刻，保證你會記了就忘！

超強記憶術之
──刻痕理論

記英文單字的過程，要像在大腦裡拿刀子刻

我曾經養過一隻貓，貓雖然很可愛，可是牠常把沙發抓得稀
爛，有次我真的是受不了了，決定乾脆一了百了，與其花大
錢把沙發換掉，不如把牠的指甲剪掉。雖然指甲總是會長出
來，不過這一剪一長之間，沙發也多了許久的壽命。

不過當我把貓帶回家後，卻發現了個很有意思的事，這隻貓
已經沒爪子了，但是還是會抓，這是貓的習慣。不過，抓歸
抓，以前一直抓沙發就一直破，不過現在牠怎麼抓都沒用，
因為沒爪子了，沙發一點都沒有痕跡。

記憶的過程，其實也有點像是貓抓沙發一樣。藉由爪子在沙
發上留下痕跡，就好像我們在腦中，讓新的資訊留下記憶的
痕跡一樣。但貓要是沒了爪子，沙發就不會有痕跡，頂多頂
多，只是留下短暫的凹痕而已。我們人也是一樣，要是沒有
在腦中留下刻痕，那麼再怎麼用力抓，也沒有辦法記住新的
資訊！

一隻沒有爪子的貓是不是非常悲哀？拚命咪咪叫抓著沙發，

卻留不下任何痕跡；你是不是也就有這樣的經驗呢？努力想要記住些什麼，卻什麼也記不住？

同樣拿沙發當例子。你坐上一張沙發之後起身，是不是會看見沙發上留有剛剛坐下的印子呢？如果久沒放東西上去，這個印子就會越來越淺，越來越淺，到最後就會慢慢消失不見。

這個道理和記憶的原理其實是很像的。當我們很快速的把資訊翻成可理解的文字，這時在大腦中就有一道痕跡。但是這樣的痕跡到底能夠維持多久呢？

資訊就像把刀子一樣，刻在右腦上，每劃一道留下的痕跡，就是記憶。不過，就像是傷口會癒合一樣，右腦上的記憶裂痕也會癒合，癒合之後，那些資訊也都消失了。

所以我們得要在傷口癒合前再劃一刀，反覆幾次，讓傷口變成疤痕。有了疤痕之後，再把疤剝掉，想辦法別讓它癒合，那麼這些記憶就會進入永久記憶區。

試想著我們的大腦是一張沙發，軟硬適中，很舒服的一張彈簧沙發，而記憶的資訊就像是坐在這張沙發上的人。坐下去後就會在沙發上留下一個印子，不過只要起身，沙發上的印

子就會隨著時間的流逝慢慢地消退，最後好像沒事發生般。
輕輕坐一下，印子留得淺，一下子沙發就會恢復原狀；坐得
久點，沙發就塌久點；而坐得更大力更久，坐到沙發裡面的
彈簧彈性疲乏甚至斷掉，那麼，這記憶就算永遠留下了。

我們在講超強記憶法時，就是要讓自己在最短時間內，在大
腦沙發上留下印子。所謂的強化記憶，就是要你能夠在一兩
次內就把這張沙發的彈簧給坐斷。而能夠把彈簧坐斷的方
法，就是我之前一再強調的邏輯、轉碼、鎖碼、3P。

一般而言，新的記憶會在一天內開始淡忘，如果一天內要反
覆三次記憶以免傷口癒合的話，約莫是每八小時就得再割一
次。如果一天內一次都沒回想，傷口癒合後，所有背過的東
西將會歸零，這份資訊，就必須要從頭開始記憶。這就是我
前面所說，要反覆練習三次的道理。3P就是對大腦回想三次
的提示。

貓抓沙發，沒爪子就留不下痕跡。「記憶如果不疼不痛，就不
會在心底累積。」太深刻的記憶想要忘記也不是那麼容易的，
難怪記一個人只要一下子，忘記一個人卻要一輩子。所以究竟
是記憶比較簡單，還是遺忘比較簡單？當然是記憶囉！

記憶就是要在腦中留下痕跡，要怎麼留下痕跡，就看你怎麼運用技巧了。

超強記憶術之 ——文字相吸

注意到了嗎？之前我們在記憶英文單字時，所使用到的技巧中，有不少都是用我們熟悉的中文來記住英文，這就是「吸英大法」其中的一式－文字相吸。在學會如何將文字相吸之前，我們得先學會一些技巧。

磁化

為什麼要磁化？尤其是中文。有人會想，中文不就是我們每天在講的嗎？幹嘛要磁化，何必多此一舉？

磁化的意義，是讓我們對於這個字有感覺，因為有感覺，所以我們才會對字有反應。就像是一隻未受訓練的狗，你叫他握手，叫一百次牠也不會跟你握手，就算你一直打牠，牠也不知道你要叫他握手。這是因為他對握手這個字沒有感覺，他根本不知道你要跟他握手。

磁化，就是要讓自己對文字有感覺。有了感覺就成為已知，記憶，這就好像我之前在談轉碼的道理是一樣的，把我們所要記憶的資訊轉碼，讓它變成像磁鐵一樣，可以去吸附住別的東西，進而幫助我們記憶，這就是磁化。

也許有人會問：「中文我每天都在講，我不可能不知道！」

真的嗎？每天在講就會知道嗎？那請告訴我什麼是「擒縱軸」？或者什麼是「陀飛輪」？你每天都在講中文，但你確定你能理解嗎，這兩個你完全沒概念的詞彙，你覺得你能夠記多久呢？其實，這兩樣東西只是手錶的零件罷了，可是很多人就是不知道。

所以我們許多時候，連中文也必須磁化，透過磁化，連結起我們的已知，串連我們的記憶。就像我之前教你如何記得「陳光」一樣，你如果不認識我，那麼就必須先把我的名字轉碼，轉成「早晨第一道陽光」，轉碼之後，「早晨第一道陽光」這句話對你來說就有了磁性，你就可以藉由「早晨第一道陽光」這塊磁鐵，來吸住「陳光」這個名字。

中文磁化，就是利用有意義的文字來處理資訊，為什麼要如此，因為有意義的文字才是可理解的文字，才是可以記憶的。

背英文單字，最重要的就是要學習將英文磁化，而這動作，其實就是利用我們的已知，導出英文這個未知。因為我們習慣利用中文，以中文來記憶英文，當然是件很簡單的事情。

很多人初學英文時都會有個共同的習慣，就是在英文單字下面以中文註記單字的發音。像是STAR（星星）我們會在下面寫「石大」；LUCK（幸運）會寫「拉客」諸如此類，只是發音，但卻沒有多大意思的文字，但這就是一個轉碼、磁化的過程。讓這些對你來說原本很陌生的單字，變成了像是磁鐵一樣有吸力，吸附在你的腦海裡。

有些老師會禁止學生利用中文來記憶這些英文字，不過那是因為老師還不懂真正的「記憶術」，老師們總以為這麼做會影響學生的學習。事實上，一般的老師只是擔心這麼做會影響你的發音，但發音學和記憶學原本就是不同的，利用我們已知的中文來記憶英文，不但是記憶的方法之一，而且還是條捷徑！

各國的文字都是可以經過磁化而相吸的，不一定要死守著中文吸中文、英文吸英文的定律。不相信？舉個很簡單的例子：RASH疹子，怎樣利用中文磁化來吸住這個字。念一念「RASH」讀音像「熱死」、「熱濕」，又熱又濕，當然容易長

疹子。你看,中文和英文,是不是輕而易舉就相吸住了呢?
這就是磁化的魔力,藉由這樣的方式記住單字,是不是覺得
英文一下子變得親切起來了呢?

mankind ~ friendship ~ bathroom ~ butterfly ~
pineapple ~ hippocampus ~ necklace ~ raincoat ~
surrounding ~ background ~ marriage ~ selfish ~
uniform ~ underwear ~ hopeless ~
microwave ~ justice

candidate ~ mankind ~ friendship ~ bathroom ~ butterfly ~
bridegroom ~ pineapple ~ hippocampus ~ necklace ~ raincoat ~
overpass ~ surrounding ~ background ~ marriage ~ selfish ~
mistake ~ pigment ~ uniform ~ underwear ~ hopeless ~
chopstick ~ microwave ~ justice

第二式

進階式...▶▶▶

　　上過第一階段的基礎班，你是不是覺得：哼！這有什麼！這些單字我老早就會了！如果你真有這麼厲害，那我要恭喜你，你已經可以順利用磚塊砌出更複雜的英文大牆，有資格來上第二階段的進階班了。 如果你覺得有一點點的吃力，沒有關係，只要多練習幾遍，要不了多久，一定可以駕輕就熟的！

　　現在我們再來看看進階班要學的單字有哪些：

---

candidate、*mankind*、*friendship*、*bathroom*、*butterfly*、*bridegroom*、*pineapple*、*hippocampus*、*necklace*、*raincoat*、*overpass*、*surrounding*、*background*、*marriage*、*selfish*、*mistake*、*pigment*、*uniform*、*underwear*、*hopeless*、*chopstick*、*microwave*、*justice*

　　這些單字的確看起來要比第一階段的基礎班難一點，為什麼？很簡單，因為這些單字都超過七個字母，對於一般人來說，只要看到超過七個字母的單字，大腦裡的海馬回就會自動關閉，造成記憶的困難，因此，很多人在看到這些長度超過七個字母的單字時，第一個反應就是立刻是跳過去。不過，這一次，請你一定要正眼看看這些字，陳光老師接下來要教你的絕招，絕對可以讓你把它們都記下來，而且永遠不會忘記。

進階 1

candidate

　　首先我們來看candidate，候選人。在這裡陳光老師要告訴大家一個小技巧，凡是超過七個字母，一看到就要先拆字，為什麼是七，而不是「五」也不是「六」更不是「八」？這個原因容我稍後再解釋，現在，我們檢視一下candidate這個單字由九個字母組成，既然已經超過了七個字母，那麼就先拆再說。該如何拆解呢？依照我大腦中的已知，我會拆成兩段，candi以及date。

candi +　date　= candidate

　　date我們知道是約會，這是已知，如果你不知道，那你的英文真的有點遜，需要好好靠這本書來練練功。請記住，我們的已知多寡，決定我們記憶速度的快慢，當我們具備的已知越多，可以運用的技巧也越豐富。

　　candi呢？字典上這字沒意思，但我們一樣要用我們的已知來導未知。 candi沒意思，但是有個很接近的字是candy（糖果）。那麼我們就可以利用candy來引導出candi。

　　試著用你自己的邏輯推理想一下：糖果？約會？和候選人有什麼關係呢？候選人就是「拿糖果給人，約個日期(date)人去投票」。

　　當然，在確認文字時你會發現糖果是candy，可是正確該是cand "i" 啊！

　　沒錯，所以當我們完成所有的過程後，千萬別忘了最後一步要「確認文字」。我們要確認是cand "i" date而不是cand "y" date。當我們還原時，要知道正確的拼法。

◎ candiate 的轉碼、鎖碼過程

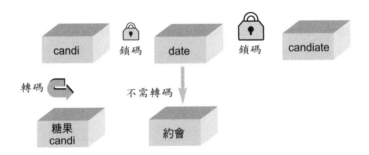

超強記憶術之 ──操作海馬回

大腦分成左腦跟右腦，左腦管的是邏輯思考能力，數學運算、說話、閱讀、寫字···這一類需要理性思考以及邏輯順序的動作都由左腦主管；右腦除了主管直覺外也負責記憶，我們舊有的記憶會在右腦中不斷的排列組合，幫助我們回想。

所以，我們每一次思考時，左腦和右腦就會相互運動，而「記憶」在大腦中的運作過程，就是左腦與右腦連接協調的過程及結果。

這和背英文單字有什麼關係？關係可大了，只有揭開記憶的真相、了解記憶的過程，才能夠幫助你強化記憶、衝破背單字的難關！

一九五三年，美國有個外科醫生為了治療癲癇病患，為一個25歲的病患做了實驗性的手術。他切除了患者大腦內側頭葉內部的海馬回。

手術之後，患者的癲癇痊癒了，開刀前的記憶也都保持完整，不過，他卻失去了記憶新東西的能力。雖然他在學習新事物上沒有困難，之前從未接觸過的滑雪、打字他都能夠學

習,但是,當學習的過程結束之後,他卻完全記不住之前學過的東西。

他在記憶上出現了問題,變成了嚴重的健忘症患者。住院期間,他有一個關係很親的親戚過世了,他知道後相當的悲傷,但是,過沒多久又問起這位親戚的近況,他根本就忘了這位親戚過世的事。類似的狀況一而再,再而三的重覆。在動完手術後14年,他再一次接受檢查,雖然他的智力在平均水準之上,但是手術之後所發生的事情卻一點也不記得,雖然他可以學習,但是他卻喪失了記憶學習的能力。簡單的說,他可以學騎腳踏車,但是學會之後卻無法把它記住,所以下一次他再面對腳踏車時,又必須全部重新學習過。

從這個實驗,我們可以知道,記憶新的資訊,和「海馬回」是非常有關係的。如果沒有「海馬回」,大腦就沒有記憶新的資訊的能力。

記憶是左腦與右腦的連結交流過程,而「海馬回」則是連接的管道。透過海馬回,左腦與右腦才有溝通的管道,才能連接邏輯和記憶。

「海馬回」不懂得創新,也不會管事情的重要性,它的職務是單純地負責左右腦的連結,如果資訊超載,它會把連接的通路關閉,讓我們無法記憶某些資訊,不論這些資訊多麼重要都沒有例外。

因為有「海馬回」盡職的管制左右腦兩邊資訊的流通，因此，目前有許多的記憶術，其實就是為了對付「海馬回」所擬定的戰略。

聰明的你，大概已經知道端倪了吧！在瞭解了大腦記憶的過程之後，我們就必需要想幫法「作弊」，運用一些技巧來騙過我們的大腦、騙過「海馬回」，只要懂得這大腦的「作弊」技巧，任何人都可以擁有超強記憶力！

進階 2
mankind

　　mankind 人類，這個字一看就知道是由「man」、「kind」兩個字合成的。kind 有友好的，親切的，以及種族的含意。man 不用講，就是人、或者男人。兩個加在一起，就是人類，只要把單字拆開，就會發現其實很簡單吧！

◎ mankind 的轉碼、鎖碼過程

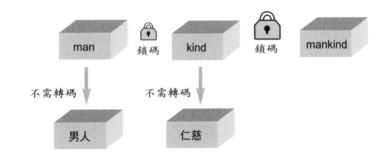

進階 3
friendship

　　friendship 友誼。這個字一看就知道，它是由「friend」和「ship」所組成的，所以前面的 friend 當然是沒問題啦！「朋友」這個字是一定認得的，至於 ship 呢？ship 指的是船、艦的意

思，什麼是友誼？朋友都在船上，最能證明友誼，為什麼？因為在船上會碰上風浪、迷航等等問題，如果友誼夠堅定，就不怕同待在一條船上啦！

◎ friendship 的轉碼、鎖碼過程

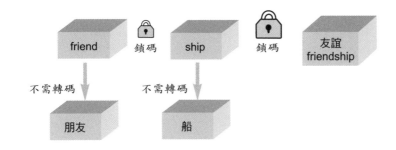

進階 4
bathroom

bathroom浴室，這個字一看就知道是由bath+room所組成的，bath是什麼？就是洗澡沐浴，room是房間，洗澡的房間當然就是浴室啦！

◎ bathroom 的轉碼、鎖碼過程

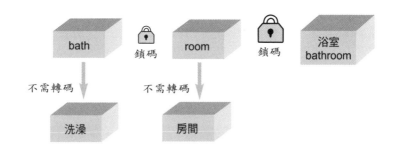

進階 5
butterfly

　　butterfly 蝴蝶，一看。好多字母，算一算，有九個字母。先拆了再轉碼吧。怎麼拆，當然有邏輯的路線可以依循，或者按照音節拆成三部分，於是便成了 but・ter・fly。唸一唸，每個音節很簡單，會唸也就拼出來了。

　　不過，若是拆成兩個區塊，那就更帥了！冷靜點，觀察一下蝴蝶這個字，不就是如此嗎？是由 butter 跟 fly 兩個字結合的。所以我們先把這兩組字解釋一下。

　　butter 就是奶油、牛油之類的，這也是我們早就知道的單字了。不過，也許有些人不知道，那麼我們先處理一下 butter，在台

灣，如果去火烤兩吃之類的店，最常聽到有人在講「八打」這個就是指butter；或者，我們再把butter拆開，再磁化，變成But‧ter，but「但是」，ter，沒有意思，不過請母語來做轉碼，便成「特」特別，特殊的特。再不然我們也可以想：但是(but)有一隻特別（ter）飛法（fly）的蝴蝶。還是不滿意？那請自己依照你自己的邏輯來分解。

fly，我們都知道他的意思是「飛」，還有另一個意思，是蒼蠅。接著我們把剛剛轉碼的結果串連幾個起來。

有「八打（butter）在飛（fly）的蝴蝶，八打！好多喔！」；「八打（butter）蒼蠅（fly）會變成一隻蝴蝶，好噁心！」；「蒼蠅沾了奶油，就會變成蝴蝶！」；「蝴蝶就像一群奶油在天上飛來飛去。」我隨便以我的邏輯一轉就轉了四個，你也可以試著用你自己的邏輯串起這些文字符號。

◎ butterfly 的轉碼、鎖碼過程

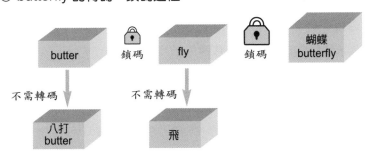

進階 6
bridegroom

　　bridegroom 新郎， bride・groom 。記不記得我們在上基礎班的時候才剛學過 bride 這個單字，這個單字是「新娘」的意思。而 groom 是馬伕。所以 bridegroom 其實不也是我們已經知道的單字所組成的嗎？我們才剛剛記憶過而已，一樣拆字，拆成兩半 bride・groom（新娘・馬夫）。

　　我們甚至還不需要用到母語，也不需要藉由形像來轉碼，只是利用我們的外文已知，利用我們已經知道的知識，便已經很簡單地分解了這個單字。

　　於是，同樣地用邏輯來把這些磁鐵串起來：新郎・新娘・馬夫。
　　「新郎就是載新娘的馬夫。」
　　就這樣，很簡單，也很容易記憶。
　　盡可能的增加你的已知，這些已知都將成為你的知識，知識越豐富，當你在記憶時也越有用。

　　如果你還不知道 bride 和 groom 這兩個字，那麼也可以用自己知道的單字找到相似的英文，或許可以變成 bird・egg・room

（鳥・蛋・房間）然後我們可以理解成「新郎就是有鳥蛋在房間裡。」

這樣當然也可以，不過我就會責怪你太不用功囉！居然連在基礎班裡教過的兩個單字都沒有好好的記起來！

◎ bridegroom 的轉碼、鎖碼過程

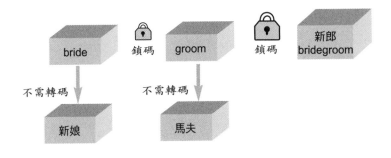

進階 7
pineapple

pineapple 鳳梨，這個是一看就知道是 pine + apple，pine 是松樹的意思，而 apple 我們都知道，是蘋果，仔細想一下，鳳梨的樣子是不是真的很像松果呢？吃起來酸酸的味道又有點類似蘋果？所以囉，pine 和 apple 組合起來就是鳳梨的意思！

　　如果你不認識 pine 這個字也不打緊，pin 是大頭針，你也可以記成 pin + e + apple，整個邏輯就變成了「用大頭針一（e）根，去戳像蘋果的鳳梨」，要是你覺得這兩個都不好記，那麼就想一個屬於自己的邏輯吧

◎ pineapple 的轉碼、鎖碼過程

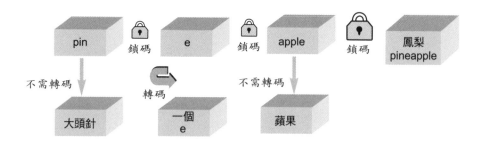

進階 8
hippocampus

　　hippocampus 海馬回，海馬回是我們大腦中的一個組織，這個字看似複雜，其實拆開之後也沒什麼了不起，因為它是 hippo + campus，也就是河馬加上校園，你可以想成河馬在校園裡，遇到海馬正好要回家；如果這兩個字你都不認得，那麼或許我們也可以這樣想：「河馬（hippo）說，露營（camp）吧！讓我們（us）找海馬一起去！」我要不厭其煩再說一次，你可以找出屬於自己的邏輯，把這個單字輕鬆記起來！

◎ hippocampus 的轉碼、鎖碼過程

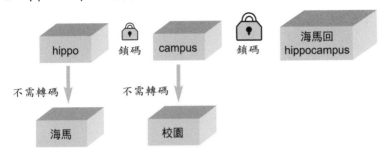

necklace

necklace 項鍊，這個字是由兩個單字組成的，也就是 neck + lace，neck 我們都知道是脖子的意思，摸摸你的脖子，那裡就是 neck，至於 lace 你可能會覺得陌生，但是念一下 lace，是不是很像我們常講的「蕾絲」？沒錯，它就是蕾絲的意思！脖子上的蕾絲？當然就是項鍊囉！

◎ necklace 的轉碼、鎖碼過程

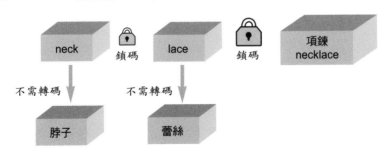

進階 10
raincoat

　　raincoat雨衣，這個字也很好記，rain 這個字再熟悉也不過了，就是下雨的意思，至於coat 呢，指的則是外套，下雨天要穿的外套？當然就是雨衣囉！

◎ raincoat 的轉碼、鎖碼過程

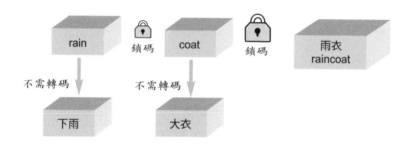

超強記憶術之
——七正負二原理

記不住的第八個字元

一般人對於第一次聽到的資訊，一次只能記得七項，在經過訓練後，大約可以多記得兩樣，而記性較差的人，大概少記

兩樣。這就是所謂的「七正負二」原理。現在你知道為什麼我每次一看到超過七個字母以上的單字時，就一定要拆開來記的原因了吧！

既然有「七正負二」的限制擋在我們腦子裡，干擾記憶，那麼在訓練我們的記憶時，想辦法突破「七」的限制是非常關鍵的。

「七的限制」要如何突破呢？ 回想一下，剛才我們所學的每一個單字，是不是都超過了七個字母？但是，你仍然可以毫不費力把它們都記下來了！為什麼呢？ 秘訣就是在於我們把每個單字都拆開來了。

我們的大腦雖然有先天上的限制，但是，我們可以用一些技巧『騙』過我們的腦袋，這種作弊的方法，就是將所有需要記憶的資訊分門別類，或者將它們「拆解」，整理好之後再放進我們的腦袋裡。

任何資訊都可以用這個方法來記憶，既然我們在先天上一次只能記七樣東西，那麼就只記七樣吧！藉由邏輯思考的方式歸納整理後，再將這些資訊按照自己的方式串連出順序，這樣，不管是多龐雜的資訊，都可以輕輕鬆鬆的記起來。

讓我們來做個練習：

鉛筆、襪子、鏈子、VCD、吹風機、床單、衣櫃、考卷、橡皮擦、音響、鞋子、盆栽、牙膏、斧頭、褲子、DVD、臉盆

睡衣、立可白、原子筆、枕頭、馬桶、花、皮帶、電視、肥皂、背心、草地、卡拉OK、棉被

一共三十樣東西，三十個磚塊，這個數字遠遠大於七，你覺得你需要多久的時間才能一個不漏的記下來？
你需要大聲唸幾次？要反覆抄幾遍？才能記得呢？
先別忙了，還是跟著陳光老師，一步一步的來記吧！

首先，我們要利用大腦重新排序的功能，將這三十樣東西分門別類地排列。排列的方式由你自己決定，如果你還沒抓到頭緒，就先看看陳光老師的排列組合吧！

以我的邏輯，我分出的是：
鉛筆、考卷、橡皮擦、立可白、原子筆（屬於教室裡的東西）
襪子、鞋子、褲子、皮帶、背心（屬於穿在身上的東西）
衣櫃、床單、棉被、枕頭、睡衣（屬於臥室內的東西）
草地、花、鏈子、盆栽、斧頭（屬於花園裡的東西）
電視、音響、VCD、DVD、卡拉OK（屬於客廳裡的東西）
馬桶、臉盆、吹風機、牙膏、肥皂（屬於浴室裡的東西）

不妨在這裡考考自己。一次五樣東西，你需要多少時間才能記下？
教室裡有些什麼？
身上穿的是什麼？
臥室裡呢？

花園裡可以看到什麼？

客廳？

浴室？

是不是很困難呢？

但是如果你可以換個方法來記，就會非常容易喔！

在教室的桌上 ：擺著<u>考卷</u>、考卷上有<u>鉛筆</u>和<u>原子筆</u>，鉛筆要
用<u>橡皮擦</u>，原子筆則要用<u>立可白</u>。

你身上穿的：從下到上有<u>鞋子</u>，鞋子上有<u>襪子</u>，再上去是<u>褲</u>
<u>子</u>，褲子要<u>繫皮帶</u>，在上面穿了件<u>背心</u>。

你的臥室裡有：臥室裡有<u>衣櫃</u>，衣櫃旁邊的床上有<u>床單</u>，床
單上有折好的<u>棉被</u>，棉被旁有<u>枕頭</u>，枕頭上
有一套折好的<u>睡衣</u>。

經過花園：院子裡有<u>草地</u>，草地上有花，用<u>鏟子</u>把花移到<u>盆</u>
<u>栽</u>去，不太好看，拿<u>斧頭</u>砍掉它。

回到客廳：客廳有<u>電視</u>，電視旁邊擺了台<u>音響</u>，音響功能很
多，有可以唱歌的<u>卡拉OK</u>，高級的<u>DVD</u>，還有
比較不高級的<u>VCD</u>。

再到浴室：浴室裡當然有<u>馬桶</u>，馬桶旁邊是<u>臉盆</u>，臉盆裡擺
著<u>牙膏</u>跟<u>肥皂</u>，旁邊掛著<u>吹風機</u>。

請讓自己依照這個邏輯，一定要注意記憶的順序。想一次後，再告訴我你記得了多少。

一般說來，所有的人，只要按這脈絡想完後就全都記得了。這就是七正負二原理的威力。善用七正負二原理，每一類每一項都不要超過七個資訊，層層連接之後，我們可以記憶49樣的資訊。

記英文單字也是一樣的道理，這就是為什麼我會要大家以「七」為單位，超過七個字母組成的單字，就必須要拆開來，用這個方法，我們就可以騙過大腦了。

【練習一】

汽車、DVD、筆桶、電視、VCD、方向盤、CD、輪胎、電腦、音響、書桌、隨身聽

一共12樣東西，你有沒有辦法一口氣按照順序記下來呢？請闔上這本書試試看吧！

【練習二】

encyclopedia（百科全書）
試試看，要怎麼把這一串由12個字母所組成的單字記起來？

進階 11
overpass

　　overpass 這個字是天橋的意思，從字面上一眼就可以看出來，這個字是由 over 和 pass 所組成的，over 有上面的意思，至於 pass 就是通過了，從上面通過，是不是很符合天橋的意思呢？在這裡順便教大家，underpass，想想，從上面通過是天橋，那麼從下面通過呢？就是地下道囉，所以 underpass 這個字正是地下道！

◎ overpass 的轉碼、鎖碼過程

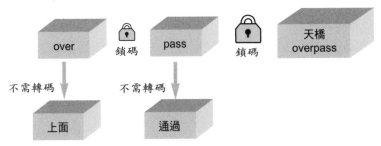

進階 12
surrounding

　　surrounding 環境，這個字我們從字面上就可以發現 surround 本身就有圍繞、環繞的意思，因此要記得這個單字很簡單，只要把圍繞加上 ing 立刻就搖身一變，變成名詞環境，想想，正在環繞著我們的，不就是我們的環境嗎？

◎ surrounding 的轉碼、鎖碼過程

進階 13

background

　　Background 這個字有背景的意思，可以是拍照的背景，也可以說是一個人的出身背景。這個字是由 back + ground 所組成的，back 是後面的意思，而 ground 則是指地上，後面的地上，那就是我們的背景啦！

◎ background 的轉碼、鎖碼過程

進階 14

marriage

marriage 婚姻，這個字的結尾是 age，也就是年紀的意思，年紀到了就要結婚，走入婚姻。它的一開始是 marri，這個字我們看起來很眼熟，也就是和結婚的動詞 marry 念起來是一模一樣的，如果你不喜歡，你也可以把它想成是 Mary，記得是兩個 r 喔！結婚 marry 是因為年紀 age 到了，或者是 Mary 年紀 age 到了，所以要走入婚姻。不過在這裡別忘了要確認文字，不是 marryage，而是 marriage。要是你還有更厲害的邏輯，別客氣，儘管用自己的！

◎ Marriage 的轉碼、鎖碼過程

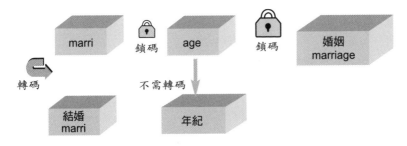

進階 15

selfish

selfish 自私，這個字我們可以把它拆解成 sel+fish，sel 這個字

很像我們認識的sell，也就是賣東西；至於fish，這個字大家都知道，就是魚，賣魚的人不管魚的死活，好像有點自私？所以兩個字拚湊起來，就變成了sell+fish，不過我們要記得確認文字，是selfish不是sellfish喔！

◎ selfish 的轉碼、鎖碼過程

超強記憶術之
——用已知導未知

陳光老師在說明轉碼過程時，所舉的磁鐵的例子你還記得嗎？

磁鐵一定要正負兩極才能相吸，但是，磁鐵除了吸磁鐵之外，還可不可以吸別的東西呢？當然可以！你有沒有試過用

磁鐵去吸迴紋針？你知道嗎？迴紋針被磁鐵吸住的時間久了之後，迴紋針本身也會有磁力，可以再去吸別的迴紋針喔！所以，如果你的大腦中具有磁力的東西越多，可以吸附的東西也會越多。

我們不只可以用已知的中文來吸住英文，也可以用已知的英文來吸住其他新的、陌生的英文單字。不過這一切的前提都是要利用「已知」，也就是有「磁力」的資訊才能夠記住你想要記的單字或資訊。

在進階班所教的單字，雖然看起來很長，但其實都藏有我們原本就認識的單字。所以我們可以拿我們原本就認識的單字來做衍伸，輕鬆的記住這些看來陌生又複雜的單字。

在我們的腦袋裡，原本就存在著許許多多的資訊，好比我們知道父母的名字、長像，知道家裡的電話、住址，以及一個星期有七天等；這些原本在我們記憶裡的知識、圖像、文字，便是我們的「已知」，在邏輯記憶中，這些東西能夠幫助我們去推衍出其他未知事物，記住我們原本未知的事物。這就是「已知導未知」。

就像我們在記地圖時，會想像台灣的形狀像顆蕃薯，義大利像隻靴子，中國則是像隻老母雞！這是因為對我們來說，蕃薯、靴子和老母雞，都是我們已知的影像，藉由這些影像的形狀，可以描繪出我們不知道、或是沒有概念的東西，幫助

我們記憶。

究竟什麼是「已知」？陳光老師要提醒你，所謂的「已知」是見仁見智，沒有標準答案的！因為每個人的學習和生活經驗都不同，所以每個人的「已知」也不會相同。只要這些已知是你用自己的邏輯思考所產生的產物，是深植在你腦中的印象，那麼你就可以大方的運用它們來幫助你的記憶。

舉個例子來說吧，在過去，我們稱讚一個女孩子「貌美如花」時，大多數的人就會認為這個女孩子很漂亮。但是，如果你知道現在電視上也有一個很有名的「如花」時，「貌美如花」這句話在你的心裡可能就會有不同的見解！

「臭豆腐」在台灣是很普通的街頭小吃，所以「臭豆腐」是台灣人的共同記憶，是可以拿來幫助記憶的「已知」。 但是，在非洲，當地的土人大概沒聽過臭豆腐這種東西，因此，他們是無法利用「臭豆腐」來幫助記憶的。如果你硬要他用「臭豆腐」來幫助記憶，他得先知道什麼是豆腐，記住什麼是臭豆腐，然後才能利用「臭豆腐」所延伸出來的未知。

小心，目前坊間就有不少的超強記憶法是沒有考慮到「已知」是因人而異的問題，很粗率的用自己本身的已知和邏輯來教導別人，要所有的人都遵從他的邏輯。這樣只會讓學習者更累，甚至更徒勞無功。因為，每一個人的「已知」都是不同的，所以邏輯推論不一定會得到一樣的結果。

利用我們的「已知」導出所要記憶的「未知」，是記憶術中一個相當重要的概念，藉由這個概念，可以幫助我們記下更多的資訊，而當這些資訊進入了大腦的永久記憶區之後，又可以成為我們的「已知」，就這樣源源不絕，記住無限多的資訊，最後變成我們自己的知識。

記單字也是一樣。當你腦中「已知」的單字越多，就越容易在新的單字裡找到你熟悉的字？當然，也就越能夠幫助你去記憶新的單字，想想看，在看到 butterfly 這個單字時，如果你不認識 butter 這個單字，也不知道 fly 原來也是蒼蠅的意思，那麼，要你去記住這個單字，是不是要花上更多力氣？費上更多功夫？增加更多的邏輯和聯想呢？

所以，請你繼續的努力練功、不斷的增加自己的「已知」，相信，你的武功一定會越來越高強的。

進階 16
mistake

mistake 錯誤，這個字一時之間看不出什麼端倪，不過仔細看就可以分辨出它是由 mis 和 take 所組成的，mis 是一個字首，不過

我們也可以把它想成是miss，錯過的意思，至於take則是拿的意思，mis+take錯過，沒有拿，所以我把它想成是：該拿的卻因為錯過了而沒有拿，這真是個錯誤！最後別忘了確認文字。不是misstake，而是mistake喔！

◎ mistake 的轉碼、鎖碼過程

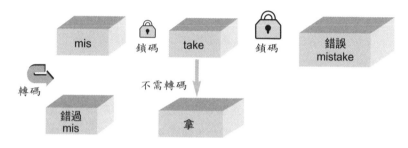

進階 17
pigment

pigment顏料，這個字是由pig和ment所組成的，pig我們知道是豬的意思，至於ment雖然沒有意義，但念起來是不是很像「門」？豬和門加起來怎麼了？我可以想像，一隻豬拿著顏料在門上面做畫，這是不是很好記呢？pigment顏料這個字我們記住了！

◎ pigment 的轉碼、鎖碼過程

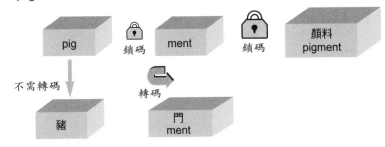

進階 18
uniform

　　uniform 制服，這個字我們可以拆成 uni+form，uni 這個字讓你想到什麼呢？是不是 unit？單位？至於 form 可以是格式，也可以是外貌，也可以是樣式，所以整個單位(uni)的統一的外貌和樣式(form)是什麼？就是制服！

◎ uniform 的轉碼、鎖碼過程

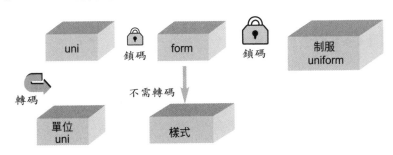

進階 19
underwear

underwear內衣，什麼是內衣？我想這個不用多做解釋了吧！大家應該都有穿內衣吧！這個字我們很容易就可以看出來，它是由under + wear所組成的，under這個字是下面的意思，而wear則是穿，穿衣服的動作就是wear，所以一般衣服下面(under)所穿(wear)的，當然就是內衣嘛！

◎ underwear 的轉碼、鎖碼過程

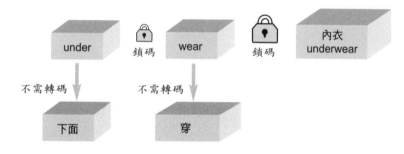

進階 20
hopeless

hopeless 沒希望的，這個字和hopeful，有希望的，正好相反，所以我們很輕易就可以看得出來，hope + less，less 這個字本

來的意思是少、很少的意思，所以 hope 後面加上了 less，當然就是沒有 hope，沒有希望的意思。

◎ hopeless 的轉碼、鎖碼過程

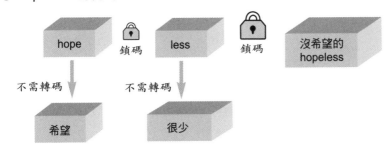

超強記憶術之
——張貼記憶線索

想想看，一個只有一坪大的房子裡，如果擺放了很多雜亂無章的東西，你要找東西時，要花上多少時間呢？ 找不找得到呢？ 如果，我們花點時間，將這些亂七八糟的東西好好整理一下，貼上標籤，那麼，你會有找不到的東西嗎？

告訴我，如果，這個房間是你的大腦，那麼，它是雜亂無章的房間，還是很有組織，很有規劃的空間呢？

我們在之前討論過的迷路問題也是一樣，為什麼我們會迷

路？為什麼同樣的路，我們走了好幾次還是記不起來？原因很簡單，因為我們沒有去注意沿路的招牌和路標，我們忘了張貼記憶的線索。

當記憶是一坨雜亂無章的資訊，沒有任何線索時，就會常常產生記憶的短路。所以，為了要用最快的速度搜尋到大腦資料庫裡的資料，當我們將一個又一個的記憶『點』放置在記憶庫時，一定要記得張貼『記憶的線索』，這個線索可以是我們已知的單字，也可以是轉碼後的文字。

從台北出發到去高雄，記憶的點有：新竹、台中、台南、高雄，在經過轉碼之後，這四個記憶點可以變成貢丸、太陽餅、赤崁樓、港口。加進我們的邏輯，就會變成這樣：吃了貢丸要吃點心太陽餅，然後再去赤崁樓觀光，再到港口出海去！

如此一來，每個張貼了記憶線索的點都已經串連起來了，要按順序記住這些資訊，一點都不困難。

什麼是記憶？記憶就是把生活和學習所獲得的資訊編碼加工，輸入並且儲存在大腦裡面，在需要的時候將資料提取出來的過程，就像是電腦的資料夾、記憶庫。

我們的頭腦和電腦一樣，都有快速記憶事物的能力，只不過，大多數的人都沒有去訓練自己的大腦，任由大腦荒蕪一

遍。所以，不要再說你的記憶力不好，你記不住東西了，這只是找理由偷懶、欺騙自己的藉口，請一定要相信自己，只要有方法，有信心，任何資料，任何訊息，我們一定可以記得住的。

進階 21
chopsticks

chopsticks 筷子，這是我們常用，而西方人最感興趣的餐具。首先我們看 chop 這個字就是砍、劈的意思，而 stick 通常指的是樹枝、木棍，劈(chop)了樹枝(sticks)之後就可以把它做成筷子，而由於筷子通常都是成雙成對的，所以是複數要再加個 s。

◎ chopsticks 的轉碼、鎖碼過程

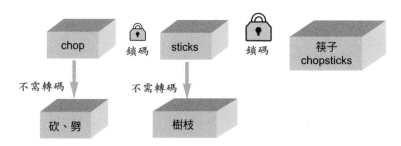

進階 22
microwave

　　microwave 微波，我們常用的微波爐就是這個字。 micro 是微小的意思，比如說顯微鏡就是 microscope，而世界首富比爾蓋茨所擁有的那一家很有名的公司微軟則是 Microsoft。至於 wave 就是揮手、搖晃、波浪、浪潮都是這個字，所以兩個字連在一起，就是微波 microwave。 就是這麼簡單。下一次當你在使用微波爐的時候，記得想一下它的英文是什麼。

◎ microwave 的轉碼、鎖碼過程

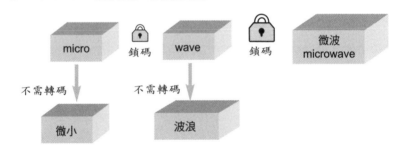

進階 23
justice

　　正義，什麼是正義？先確定中文。 我們把這個字拆開來看，

是不是just+ice？這兩個字我們都認識，just是「只是」ice是「冰」，兩個加起來，我們是不是就可以想到一個人充滿正義感只是(just)冷冰冰？

◎ justice 的轉碼、鎖碼過程

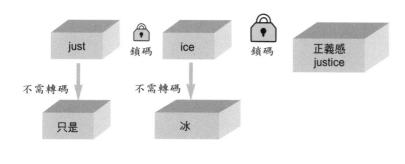

【練習一】

把其他的英文單字記下來，試試看要花多少時間？

announcement 宣告、meanwhile 正在此時、worldwide 遍及全球的
cheerleader 啦啦隊長、toothbrush 牙刷、newspaper 報紙、
supermarket 超市、roller-skate 直排輪、handkerchief 手帕、
dumpling 水餃、candlestick 燭台、watermelon 西瓜、
childlike 天真的、downtown 市中心、headache 頭痛、
sidewalk 人行道、overweight 超重、textbook 教科書、
interview 面試、softball 壘球

現在，你的功力是不是更高一級了呢？其實只要你認識的單字夠多，就可以整理出來所謂的字根、字首和字尾了，只不過一般老師在教這些字首、字尾的時候，並沒有添加邏輯進去，也沒有告訴你為什麼。在經過這樣的練習之後，我想聰明的你一定知道應該用什麼方法，才能幫助自己記下更多單字了吧！

超強記憶術之
——利用潛意識

有個人因為身體有些小小的不舒服到醫院檢查，但是，醫院卻將資料搞錯了，將他推上手術台，動了一場切除腦部的大手術。手術進行到一半時，醫生才發現開錯人了，可是切下來的腦已經裝不回去了，醫生們沒辦法，只好用猴腦來彌補那個人失去的部分大腦。

過了一年，良心不安的醫生主動拜訪病人，想要瞭解病人的近況。

「醫生！我覺得都還好啊！」病人說。
「一切正常，沒有什麼覺得不對的地方嗎？」醫生問。
「只有一點！」那個人說：「自從開完刀後，我老是想去抓自

己的屁股耶！」

病人一直想去抓屁股，是受到了之前猴子的潛意識所影響，猴腦裡的潛意識控制了他的習慣。其實這樣的現象存在每個人身上，因為潛意識存在於每個人的腦中，而潛意識所擁有的不可思議、強大的神秘力量，至今仍然是許多人感興趣的話題。

潛意識，當然可以幫助我們記憶！一旦記憶的資訊深深烙在潛意識裡，那麼就算你想要忘記，恐怕也十分困難。

我們的大腦就像是一塊冰山一樣，浮在水面的只有百分之十，剩下的百分之九十都沈在水底。 在大腦中，浮在水面的百分之十是所謂的意識，是可以用理性來判讀的，另外百分之九十則是潛意識，是24小時不斷持續運作的。除非你願意做個開採潛意識的礦工，否則你絕對沒有辦法採集到你應得的寶藏。

要怎麼在潛意識裡鑿下痕跡，並且挖到我們要的寶藏呢？ 最好的方法就是將「記憶」想像成鏟子或刀子之類的工具，然後用這個工具努力的朝水面下百分之九十的冰山開鑿，如果可以留下痕跡，那麼你就成功了！

要怎麼樣才能夠進入潛意識的特區，大量印刻下我們所要記得的資訊呢？最簡便、最容易做到的，就是利用我們之前討

論過的「3P」。所謂的「3P」就要利用大腦不眠不休的功能，將記憶刻在潛意識裡，甚至重新排列組合，最後再累積出智慧。

如果你想要把英文單字深深的刻印在腦海裡，那麼，請你每隔八個小時就回想一次，這樣，單字不知不覺就會進入你的潛意識裡，永遠也不會忘。

聽起來很簡單吧！沒錯，就是這麼簡單，只要你肯做、努力去實行，沒有什麼事可以難倒我們的大腦的。潛意識驚人的力量還不只如此，它不但是二十四小時運作，甚至還具有未知能力！

有一位考古學家挖到了一個的化石，由於化石很脆弱，他必須花半年的時間慢慢開鑿才能讓化石還原。第一天晚上，他小心翼翼的雕鑿著化石，但是，雕著雕著他卻睡著了，在睡夢中他夢到這個化石已經還原了，他的原形是一隻魚，考古學家醒來後馬上將魚的樣子畫在紙上，但是他心裡是很懷疑，「可能嗎？」這張圖被他丟進了抽屜裡，半年之後，化石現形了，竟然真的是一條魚，考古學家馬上從抽屜裡找出那張半年前的圖，完全一模一樣！

考古學家的潛意識，在半年前就已經告訴他這塊化石的形狀了！從這個故事，我們不得不去相信，潛意識是具備有預知能力的！

潛意識究竟還有哪些未知、驚人的力量，至今還沒有完整的研究，但是，我們可以確定的是，潛意識真的可以幫助記憶，因為，我們平常用來記憶的意識只佔大腦所有記憶空間的百分之十，因此，非常容易疲累，只有開發潛藏的百分之九十記憶體，才是最聰明、最快速的方法。

chrysanthemum › insomnia › hypertension › acupuncture › dilemma
carcinoma › Anthropologist › emphasize › marvelous › incentives › vegetarian
quito › principle › industrious › illuminate
ambiguous › anonymous ›

Chrysanthernum ˋ hy tension ˋ acupuncture ˋ dilemma ˋ
￼nia ˋ ￼ha size ˋ marvelous ˋ incentives ˋ
vegetarian ˋ ￼mosquit ˋ industrious ˋ illuminate ˋ
ambiguous ˋ anony

第三式

挑戰式 ▶▶▶

um ˋ insomnia ˋ ￼tension ˋ acupuncture ˋ dilemma ˋ
Anthropologist ￼asize ˋ marvelous ˋ incentives ˋ vegetarian ˋ mosquito ˋ principle ˋ industrious ˋ illu
￼ibguous ˋ anon￼

Chrysanthernum ˋ insomnia ˋ hypertension ˋ acupuncture ˋ dilemma ˋ
Carcinoma ˋ Anthropologist ˋ emphasize ˋ marvelous ˋ incentives ˋ vegetarian ˋ
mosquito ˋ principle ˋ industrious ˋ illuminate ˋ
ambiguous ˋ anonymous ˋ

經過前面兩個階段的訓練，我知道你現在已經越來越厲害、功力越來越深厚了，不論是七個字母以下的、超過七個單字的，全都難不倒你了吧！或許你會說：反正英文單字就只能分成大於七個字母和小於七個字母的，現在我都會啦！那我還有什麼好學的？

別這麼自滿喔！在基礎班和進階班裡，陳光老師安排的，是一些比較常見的單字，雖然有一些在第一眼是非常陌生，但是經過拆解後卻可以看到許多之前學過的單字，所以前面的練習，是要讓你熟悉找到「已知」的方法，讓你的大腦不斷增加尋找已知的速度！

可能有些人會覺得這樣背單字太辛苦了，又回到原來碎碎念的背單字方式，希望你千萬不要成為這種人！如果這是一段十公里的路，你現在已經走到一半了，如果你覺得太累可以休息一下，但是千萬不要往回走，繼續往前走，只要再走五公里，如果往回走，一樣要走五公里，既然如此，為什麼要回頭呢？

勇往直前吧！接下來的課程，請掌握一個訣竅 -- 轉碼的速度，決定記憶的速度！ 請帶著你剛剛學會的一身本領，跟著我一起闖闖下一關，看看怎麼用更快的速度來記英文單字吧！

Chrysanthemum 、 *insomnia* 、 *hypertension* 、 *acupuncture* 、 *dilemma* 、 *Carcinoma* 、 *Anthropologist* 、 *emphasize* 、 *marvelous* 、 *incentives* 、 *vegetarian* 、 *mosquito* 、 *principle* 、 *industrious* 、 *illuminate* 、 *ambiguous* 、 *anonymous*

被這些單字嚇到了嗎？它們不但超過七個字母，而且還有一個特點，就是很難在當中找到我們熟悉的「已知」，看出我們認識的單字。

別擔心，陳光老師的超強記憶術可以輕輕鬆鬆的突破這些難關，怎麼做呢？跟我一起來瞧瞧吧

挑戰 1
chrysanthemum

chrysanthemum 菊花，這個單字很長，一定得拆的。不過拆字不能亂拆，拆成 chrysan 跟 themum 如何？當然可以，只要你的邏輯能夠將你所拆開的轉碼磁化，隨便你怎麼拆都可以。

不過以我的邏輯，我會拆成四個部分，chry・san・the・mum，這是依據音節來拆，配合這個單字的音節，我拆成四個部分。

接著，就要開始將這四個單位轉碼、磁化。

chry，印象中類似的單字是哭 cry，可以轉成這個，之後確認文字時記得把 h 加回去。不過，我的邏輯是聯想成耶誕節 Christmas 的前面四個字母 chri。

san，同樣的藉由字形的磁化，把這字轉成 sun 太陽。

the，這個字串沒有問題，你一定知道。

最後一組是 mum，怎麼轉，唸一唸，這個字發音像是媽。

再來轉碼，把符號轉成大腦聽得懂的語言，把四組拆開的音節以及中文意思連接。菊花、耶誕、太陽、這個、媽媽。加進邏輯串連起來，變成：「耶誕節（Chry）的太陽（san）照著這個（the）媽媽（mum）的菊花。」

好，這個單字已經被我們給鎖起來了，不過最後請記得要再確認文字，是 chrysanthemum 而不是 chrisunthemom。

◎ chrysanthemum 的轉碼、鎖碼過程

挑戰 2
insomnia

　　insomnia 失眠，一共是八個字母所組成的單字。依照我的邏輯，我會依照音節，拆成 in・som・nia 三部分。接著，我們就將這三組文字轉碼。

　　in，是「在裡面」的意思，要在什麼裡面呢？就在大腦裡面好了。

　　som，搜尋一下記憶中的單字，這字讀音讓我想到 some（一些），就以（一些）來吸住這一組文字吧。

　　nia，沒什麼意思，也想不出有什麼看來類似的字詞。這時候，就請母語中文來協助，nia 念起來像是「你呀」。

三組的磁化已經完成，再來就是要讓這三組結合，串連起來。

「大腦裡(in)有些(som)事，你呀(nia)！難怪你會失眠。」in·som·nia 失眠。理解了嗎？

你是否已經抓到這一連串的脈絡了呢？再跟著我一起多做幾個練習，這樣你才會確實明白，而不是大致瞭解。

◎ insomnia 的轉碼、鎖碼過程

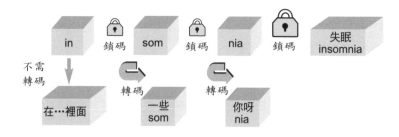

挑戰 3
hypertension

hypertension，高血壓。同樣是長長的一大串字母，該怎麼轉換成我們大腦聽得懂的，而且能夠記憶的呢？第一步，還是先拆字吧。

　　依據我的邏輯……請注意，陳光老師一直在不斷地強調，這是我的邏輯，所以，請你試著發展出你自己的邏輯。

　　依據我的邏輯，我將hupertention分成hyper・tension兩組字元，各有五和七個字母，都在七正負二的邏輯之中。

　　hyper有興奮的、激動、緊張的意思；tension則有拉緊的意思。當然啦，你可以麻煩一點，把這兩個字再各自分解、磁化。

　　不過呢？我的邏輯告訴我要簡單一點，透過發音以及母語的協助，hyper，唸起來像是害怕，tension，唸起來像是天旋。

　　把這兩組黏在一起，「害怕(hyper)天旋(tension)」，高血壓的人最害怕天旋hypertension，我理解成這樣。接著再確認文字，看看轉碼之後是否有誤差。

◎ hypertension 的轉碼、鎖碼過程

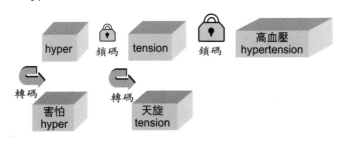

超強記憶術之
——鎖鍊記憶法 1

七正負二原理是把物件整理歸類,方便邏輯聯想,不過,有
許多時候,我們要記的東西不一定能夠不按照順序來記憶,
而且也不一定就有關係,就像astronomical 這個字,你要怎
麼記憶呢? 你不能夠按ABCD的順序,把這個單字重新排
列?所以,在這個時候,我們該怎麼辦呢?

請記住「邏輯」這兩個字,一切記憶,都是邏輯的問題,從
一開始,我就強調一個觀念,就是我們所有的記憶,都需要
靠我們的邏輯、聯想來完成,不論是用哪一種方法,轉碼、
鎖碼、刻痕理論,還是七正負二原理,歸根究底,就是在找
邏輯,找到我們的邏輯。

在外太空工作的太空人,因為壓力的關係,所有的原子筆都
寫不出字來,大家研究了半天,都找不到破解的辦法,但
是,最後有人建議用鉛筆,這樣,一個棘手的問題解決了。

有一家大工廠在出貨時,因為擔心有一些箱子沒有裝到貨,
所以買了很昂貴的 x 光儀掃瞄,想要找出沒裝東西的空箱
子。 但掃地的歐巴桑在看到了這個情況之後卻說:哎呀!你
們不會去推一下喔,看看是不是推得動,如果推得動,當然
就知道裡面沒有裝東西呀!

以上的問題，你是不是有不同的解決方法呢？ 這就是我一再強調的，每個人都有不同的邏輯，所以對於每一件事情、每一個單字的理解也會不同。

不過，在建立自己的邏輯時，請一定要注意一點，不要運用太平淡的邏輯，因為，平淡的邏輯，是不會在心裡留下漣漪，更不會有痕跡的。

舉例來說，數學是不是最講邏輯的學問呢？從頭到尾沒有一項是和邏輯無關的，但是，為什麼大多數的人都記不得數學裡的知識呢？ 很簡單，因為數學的邏輯太平板了，太正常了，所以無法在大腦裡留下刻痕，就如同一隻爪子被剪掉的貓一樣，不管牠怎麼抓沙發，都不會在沙發上留下痕跡的。

你覺得是一隻貓舔你的小腿讓你印象深刻？還是牠用爪子狠狠地抓你一下讓你印象深刻呢？

還記得這本書的序論裡，我曾經要大家記住的十二樣東西嗎？

> 鬼火、嬰兒、靈山、零食、蓮霧、夜壺、
> 賓拉登、海參、棺材、衣領、一打蛋

記得我是怎樣教你怎麼記下這幾樣東西的嗎？按照我的邏輯和想像，我把它想成了：
鬼火【燒】嬰兒

嬰兒【爬】在 靈山 上

靈山 下面【賣】零食

零食【打開】是 蓮霧

蓮霧【丟到】夜壺 裡

夜壺 【砸】到 賓拉登

賓拉登【拉】出一條 海參

海參【掉】到 棺材 裡

棺材 【露】出 衣領

衣領 上【插】 筷子

筷子 【夾著】一打蛋

注意到了嗎？我並沒有要求各位去編故事？如果為了要記住這十二樣東西而必須編出更多的故事來串連，這樣不是很奇怪嗎？如果為了要記這些東西，我們得要先記一大堆其他的東西，這樣不是會把我們的記憶資訊變得更複雜嗎？

所以邏輯可能只是個簡單的關鍵字，就像【燒】【爬】【賣】【打開】【丟到】【砸】【拉】【掉】【露】【插】【夾著】，這些都是邏輯的關鍵。

我們的大腦有重新排列整合的功能，我並沒有使用故事來串連，在記憶時，我們看到的是一個又一個的畫面，不過這不是故事，這些就只是畫面而已。因此可以透過大腦把其他無關的連接詞給消除掉。

> 這個方法，叫做「鎖鍊記憶法」，顧名思義，就是把記憶像鎖
> 鍊一樣的一圈圈地接連起來，不論是文字的排序，或者是一
> 連串的數字，都可以透過鎖鍊將它鎖起來。

挑戰 4
acupuncture

　　acupuncture 針灸，雖然常聽人說去針灸，不過這個英文單字
確實很少見。挑戰一下吧，該怎麼辦呢？當然算都不用再算了，
一看就知道要拆。我們要養成一個習慣，記單字是記憶學而不是
文字學，所以，我們要訓練自己面對陌生單字時最直接的反應，
超過七個字母就拆開，不到七個字母，心裡只有一個字：爽！

　　一看到 acupuncture，我們就要想到七正負二原理，當然要拆
囉，不過怎麼拆呢？依照我的邏輯， acupuncture 我會拆成 acu‧
punc‧ture，這也是依照音節區分的。這是我的拆法，你也可以
自己發展出其他方式。

　　acu，看一看，唸一唸，似乎沒有類似的英文字串，那麼我們
就借用母語中文吧！ acu，轉成阿Q，魯迅筆下的小說人物，或者
是泡麵的一種，就看你如何理解，沒有一定要用哪一個。

punc，唸一唸，直接以母語轉換，唸成 "怕"。

ture，讀起來像是 "球"。

磁化之後，就以我們的邏輯把他們串連起來。 acupuncture，阿 Q(acu)怕(punc)球(ture)，因為被球打到要去針灸。

這個字在你心中已經有了邏輯了嗎？之後有確認文字嗎？

◎ acupuncture 的轉碼、鎖碼過程

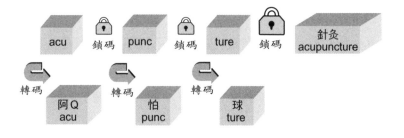

挑戰 5
dilemma

dilemma 進退兩難，什麼叫做進退兩難？就是前進也不是，後退也不是。

我依據我的邏輯，我把這個字依照音節拆成兩組，dile‧mma。拆開之後的字母數完全在七個以內，可以一次就輕易地記下來。

dile，唸一唸，我們直接以中文的已知轉化，dile，念起來發音很像「地雷」。mma，媽媽，或者像是個發語詞，嗎、嘛之類的。我們直接把這兩組結合吧！

我們以中文發音來轉換，dilemma唸做「地雷嗎」！踩到地雷當然進退兩難囉，怎麼樣？很簡單吧！

◎ dilemma 的轉碼、鎖碼過程

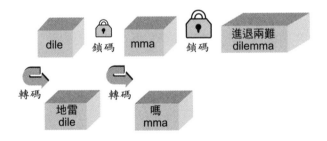

吸英
大法

陳/老/師/的/提/醒

　　在英文裡，有一些相似字常常讓人搞不清楚，其實我們也可以用一樣的訣竅來分辨。好比說desert(沙漠)和dessert(甜點)兩個字差一個s，該怎麼分辨？方法很多，你可以照著自己的邏輯來。若是按照我的方法，我會想，甜點總是甜滋滋的，「滋」念起來就有點像S，所以甜點多一個S。

　　但是念法呢？兩個字雖然長得很像，但發音不同，desert重音在第一音節，而dessert 重音在第二音節，所以我又想了：嗯，要先穿越沙漠才能吃到甜點，所以沙漠是在前面，重音第一，而甜點在後面，重音第二。

　　如此一來這兩個字你還會搞混嗎？哪一個字多一個s？哪一個字重音在第一音節？相信你即使是閉著眼睛都不會答錯！

　　用你的邏輯吸住正確的英文單字，用你的邏輯吸住正確的觀念。同樣的方式也可以用在別的英文單字上，想個辦法把那些你一直搞不清楚的單字全都分辨得一清二楚！再也不會攪和在一起！

挑戰 6
carcinoma

　　carcinoma，惡性腫瘤，什麼是惡性腫瘤，這樣講可能有些人無法理解，惡性腫瘤就是癌症，知道了是什麼意思之後，一步一步來，carcinoma 九個字母，決定從已知開始拆，或是從照音節拆。先觀察一下這個字，car・ci・no・ma，照音節拆開就會變成這樣。

　　那麼下一步就是文字磁化，記得，先試試以英文吸英文、當英文無用時，就以中文吸英文，或者以字形來吸。

　　car，車，這是很基本的單字，大家都知道的。

　　ci，沒意思，不過唸起來像是台語裡的「死」，既然直覺邏輯想到，那就用了吧。

　　no，這個就算沒學過英文的人也知道，這可是基本單字。

　　ma，聽起來像是媽，媽媽。

　　當然，這個動作完全沒有文字學上的意義，純粹是為了記憶學上的方便所用。

　　car・ci・no・ma，惡性腫瘤，進行到第三步驟，灑上記憶魔粉，將這些已知的磁鐵吸在一起。

　　車裡，死掉，沒有，媽媽，惡性腫瘤。「因為惡性腫瘤，所以沒有媽媽了，因為死在車裡面了。」合不合理不重要，因為我們不是在編故事寫小說，而是為了記憶的方便而已。

　　自己回想一下我怎麼串的，你也可以想想如果是你，你要怎麼串，切記，你的邏輯，才是對你有用的。

　　最後再回頭檢查確認文字，你能不能把你磁化的文字抓回來，還原成本來的單字，並且正確的記憶呢？

◎ carcinoma 的轉碼、鎖碼過程

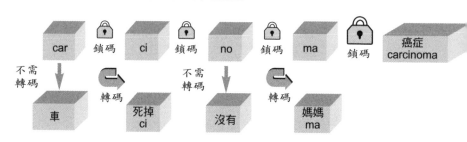

挑戰 7
anthropologist

anthropologist，人類學家，看到這麼大一串，別猶豫了，先拆再說吧，反正一定要先解決七正負二的記憶魔咒。接著，依照發音或是字意，我們要將這英文磁化，變成可理解的文字。當然我們還是先寄望用英文吸英文，不過因為認知不夠，也就只有請母語來相助，如果還不行，就用字形來記憶。

先拆吧！an・thro・polo・gist，沒問題吧！這是依照我的邏輯拆解的，你也可以自己另闢一套。

an，一個。

thro，有個很像的字，throw 丟，只差了一個 W。

polo，Polo 衫，或者，我們還是用中文來吸住記憶。 polo，趴囉，或者怕囉，看你理解那個，那個你能夠以最直接的邏輯反應出來。

gist，如果英文底子好一點的人，會知道 ist 是英文中「關於職業的結尾」不過我們先不想得這麼複雜，全部都以中文吸英文，藉由我們的邏輯，設計出最適合我們自己的。

gist，去死的，就這樣，簡單易懂。

把這些都連結起來。

「一個丟了東西就怕了的人，去死吧！人類學家要研究這種
人。」

連接起來後，請試著回想方才四組單字是怎麼組成的，也就
是確認文字，當我們能將這些字母一個一個的確認無誤，接著就
把他們組起來，回復到他本來的形像。

◎ anthropologist 的轉碼、鎖碼過程

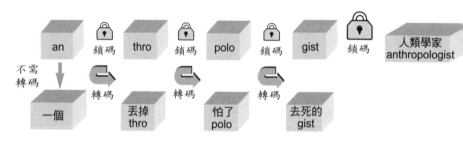

挑戰 8
emphasize

emphasize 強調，這個字該怎麼記？從字裡頭似乎看不出什麼
邏輯，不過仔細一瞧，有了！ size，size 這個字大家都知道，是尺
寸的意思，所以後面沒問題了，那前面呢？我把這個字拆成
e+m+pha+size，e 和 m 要怎麼串呢？我們可以把 e 想成是中文的
一，而 m 我可以想成是 m&m 巧克力，再來 pha，念起來是不是像

「法」，法國的法？現在按我的邏輯，我把它想成是一條(e)m&m 巧克力(m)，強調是從法國(pha)來的尺寸(size)，如此一來，就可以把 e+m+pha+size 給連接起來啦！

◎ **emphasize 的轉碼、鎖碼過程**

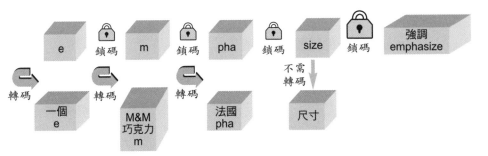

挑戰 9
marvelous

earvelous 令人驚訝的，這個字不知該怎麼記才好，因此我們想辦法來拆解，於是我把它拆成了 marv・e・lo・us

第一個 marv 有沒有讓你想到什麼字是很熟悉的？mark 是嗎？接著 elo 聽起來是不是很像中文的「一郎」？

或是「羅」，最後的 us 你一定知道，就是我們的意思

於是我把它想成這樣：誰得了一個 mark 是 v 形的(marv)？原來是一郎 elo，真令我們(us)驚訝！

如果你覺得這樣很難記，我再說一遍，想出你自己的邏輯！用你自己的磚塊，這樣誰也偷不走！

◎ marvelous 的轉碼、鎖碼過程

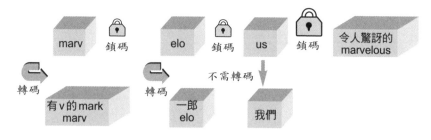

挑戰 10
incentives

incentives 誘因的，雖然這個字看起來很難，但是再看一看，是不是有個單字藏在裡面呢？ 這個單字就是 cent， cent 是什麼意思？一分錢兩分錢的分，既然這個單字的意思是誘因，而裡頭藏有一個和錢有關的單字 cent，再加上 tive 是字尾，那可就好辦了，

我把它拆成 in+cent+tives，in就是裡面的意思，所以進來了一分又一分的錢，真是誘人呀！但是t記得要去掉一個！

◎ incentives 的轉碼、鎖碼過程

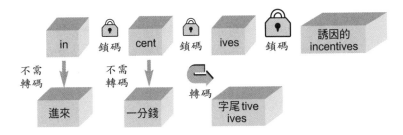

超強記憶術之
——鎖鍊記憶法二

當你使用「鎖鍊記憶法」來幫助記憶時，有幾個原則你一定要掌握！

兩兩相連、存在物件、有誇張的接觸、禁止纏繞、少用故事。藉由這幾項訣竅，再配合轉碼的觀念，你將可以鎖住並記憶更多物件。

1. 兩兩相連：
不管你有多少資訊要鎖，每一次，都只能處理兩個資訊，就

像一條鎖鍊一樣，一定都是第一環接第二環，然後第二環接
第三環，一定要這麼清清楚楚，有條有理，我們所要記憶的
物件才能一項項地連結，避免混亂。

2. 記得轉碼：

轉碼的目的是把要記憶的物件轉成我們所能理解的，能夠在
我們腦中即時反應出來。不過請記得，轉碼的速度會影響到
我們記憶的速度以及正確性。

3. 假裝理解：

當你要處理的物件是你不熟悉的東西時，請善用你右腦的創
造力，搜尋你腦袋中最能夠讓你聯想到的形象，試著去假裝
理解。

假裝理解的步驟很重要，他所處理的不只是鎖鍊記憶法中的
未知物件，也可以類推到所有不可理解的文字與數字。

什麼是假裝理解？讓我利用網路上的一個笑話來解釋：
這是一首名為「臥春」的古詩，

暗梅幽聞花，臥枝傷恨底，

遙問臥似水，易透達春綠，

暗似綠，暗似透綠，暗似透黛綠。

字數不多，但你要怎麼把它記下來？古詩詞用的語句，已經
令人感到陌生，從這裡面要怎麼找到已知的線索？
來看看別人是怎麼聰明的運用自己的創造力，來假裝理解這

挑戰 11
vegetarian

vegetarian 素食主義者，現在流行健康風潮，這個字很常見到，要怎麼記住它呢？其實很簡單，這個字會讓你想起英文單字裡的哪一個字？是不是蔬菜 vegetable？吃蔬菜的人，當然是素食主義者囉！不過它跟蔬菜又不太一樣，因此我把它拆成 vege+tari+an，vege 這個字首就和蔬菜的字首一樣，至於 tari，可以把它想成一個叫做 tari 泰瑞的人，an，就是「一個」的意思，所以蔬菜(vege)+ 泰瑞(tari)+ 一個(an)，泰瑞每天吃一個蔬菜，所以他是個素食主義者。

◎ vegetarian 的轉碼、鎖碼過程

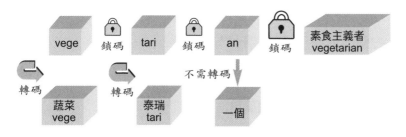

挑戰 12
mosquito

　　mosquito 蚊子，蚊子我們常見，但是知道它就叫做mosquito 的人相信不多，先想想，蚊子是不是都「嗡嗡～」在半夜到你耳朵邊吵得你睡不著覺？再念念這個字mosquito，念起來其實有點像是台語裡的「嘸是去豆？」也就是「去哪裡了？」的意思，我用聲音做最簡單的記憶，因為蚊子太吵了，半夜起來看不到人，人嘸是去豆？去趕蚊子啦！

　　當然，每個人邏輯不同，我們把mosquito 拆字，拆成 mos ‧ quito ， mos 會讓我直接想到我最愛吃的摩斯漢堡，若你不熟悉，你可以想別的沒問題！至於quito 有點像是台語裡的牙籤，你若是要用我之前說的「去哪裡了」那我也不反對。按照我的邏輯，我就會想成：摩斯漢堡的的牙籤有隻蚊子！
　　你有更好記的方法嗎？請用你自己的邏輯！

◎ mosquito 的轉碼、鎖碼過程

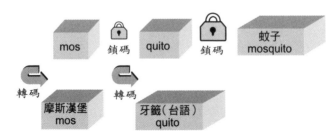

挑戰 13
principle

　　principle 原則，這個字我們一看就知道要拆，怎麼拆？我這麼做：princi+ple，看看第一個字，你想起了什麼？是不是小王子 prince？王子一定是很講究原則的。至於 ple 我可以想成是「剖」或是「捧」，王子捧著什麼？王子捧著原則不放啊！確認文字之後，是不是很簡單就可以記起來了呢？

◎ principle 的轉碼、鎖碼過程

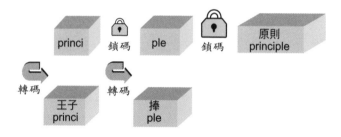

挑戰 14
industrious

　　industrious 勤勞的，一看到這個字就令我想到工業、產業 industry，在產業裡頭工作，一定要勤勞！所以把後面只有一個 y

結尾怎麼夠勤勞呢？要把這個 y 變成四個字結尾的字串 ious。或者是你也可以想：在產業裡，有 i，也就是我，o 我們可以想成是「噢」！至於 us，就是我們囉！你也可以把 io 連在一起，念起來是不是有點像「唉噢！」，所以你也可以想「哎噢！我們要勤勞工作！」

不管你怎麼想都可以，只要照著你自己的邏輯，就可以找出你的捷徑。

◎ industrious 的轉碼、鎖碼過程

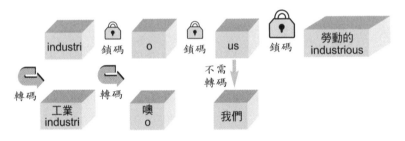

挑戰 15
illuminate

illuminate 照亮，怎麼辦？當然是先拆字再說，按我的觀察，ate 當然就是吃囉！那麼 illu 呢？念起來像不像中文的「一路」？

至於 min，就是我們平常縮寫「分鐘」minute 這個字。

我的邏輯出現了：「一路上，給我一分鐘吃東西吧！麻煩你照亮一下！」

你是不是可以因此而順利拼出 illuminate 這個單字呢？如果不行，那代表這個邏輯不適合你，因為這是我的邏輯。

◎ **illuminate 的轉碼、鎖碼過程**

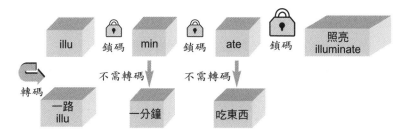

挑戰 16
ambiguous

ambiguous 模稜兩可的，我們在日常生活中常會遇到模稜兩可的語言、指令。這個字一看就知道非拆不可，怎麼拆？我把它拆成是 am + big +u + ous，所以我有四個磚塊，分別是 am 、 big 、 u

、ous,現在我要用這四個磚塊堆疊出我所要背誦的單字ambiguous,怎麼做?am我把它當做是早上AM幾點鐘的那個AM,你要把它想成是 I am 的那個am也無妨,big很簡單,是大的意思,而u的發音則是you,在網路上我們也常為了節省時間,直接打一個u來代表you,不是嗎?ous又是一個字尾,我把它當做是us。

AM、大、你、我們、模稜兩可,怎麼串?按我的想法,就是:am九點的時候,大人(big)、你(u)和我們(us)說著模稜兩可的話。

好記嗎?如果覺得很難記,請自行發明另一套記法。

◎ ambiguous 的轉碼、鎖碼過程

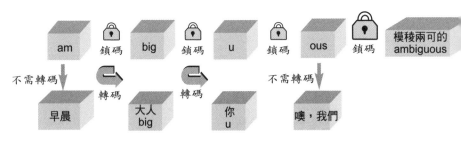

挑戰 17
anonymous

　　anonymous 匿名的，我們有時候會收到匿名的愛慕信，就是這個字。超過七個字母不用說，一定得拆！ Anon + y +mous，現在我們有三個磚塊，要來幫助我們記住這個單字。

　　首先 anon 念起來有沒有一點像日文 a-non？還是你覺得比較像阿農？阿膿？隨你高興！ y 呢？可不可以想成 you 的 y？還是你想要直接用「歪」？都可以。再來 mous，念起來有點像「悶死」，收到匿名信，當然會悶死啦，因為根本不知道對方是誰嘛！

　　好，現在我們把邏輯連接起來，阿農收到一封歪歪的匿名信，悶死了！覺得邏輯怪怪的，那我們也可以這樣想：
　　an 想成是「一個」，on 就是「上」的意思，而 y 則是「你」，mo 可以想成「摸」，至於 us，不用說，就是「我們」！

　　一個在上面的你摸我們，真丟臉，最好匿名啦！

　　還是覺得不好記？請自行發展你邏輯囉！

◎ anonymous 的轉碼、鎖碼過程

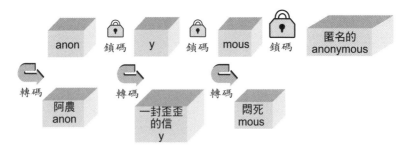

　　在學習過這麼多的單字解法後，你抓到箇中奧妙了嗎？如果沒有，沒關係，再多練習個幾題，你很快就能抓到訣竅了！

【練習題】

adequate 適量的、virtuous 有品德的、veterinarian 獸醫、
unilateral 單方的、government 政府、consequence 影響、
extinguish 撲滅、inhabitant 居民、regulate 管制、
terrorist 恐怖份子、pronounce 發音、demonstrate 示範、
exhibition 展覽、miscellaneous 各式各樣的、immigrant 移民、
miserable 悲慘的、fundamental 基礎、compliment 稱讚、
biological 生物的、gratitude 感激、pedestrian 行人、
rehearsal 彩排、orientation 新生訓練、upbringing 教養、
calculator 計算機、unscrupulous 不道德的

陳/老/師/的/提/醒

大聲念有用嗎？

　　小時候念書時，最常用的方法就是大聲朗誦，我還看過一本書這麼寫著：「當我們大聲念出來的時候，我們的聽覺也有幫助記憶的功能，所以，我們多念幾次，就能夠記得了。」

　　真的嗎？那試試看念佛經如何。現在開始念一段大悲咒：「南無・喝囉怛那・哆囉夜耶・南無・阿唎耶・婆盧羯帝・爍缽囉耶・菩提薩埵婆耶・摩訶薩埵婆耶・摩訶迦盧尼迦耶・唵・薩皤囉罰曳・數怛那怛寫・南無悉吉慄埵・伊蒙阿唎耶。」

　　你要念幾次呢？一共六十五個字。來吧！念吧，大聲念出來，讓你的聽覺一起幫助記憶，你覺得你要念幾次才能記牢呢？

　　記得我說過沒有爪子的貓嗎？此刻大聲念的你，就像隻沒有爪子卻拚命抓著沙發的貓，用盡力氣卻半點痕跡也留不下來！

　　事實上，大聲念出來只能糾正發音，對於記憶是一點

幫助也沒有的！上過我課的學生，在上第一堂課時，都會
被自己的記憶力嚇一跳，我會列出三十樣東西，再用七正
負二原理講解如何記憶，他們只是聽我講，當我講完之
後，他們也全都記了下來。然後我會再列出六十樣東西來
講解鎖鍊記憶法，講解完之後，他們也可以依照順序，牢
牢地鎖住這六十件物品，他們沒有反覆地大聲念，連小聲
地喃喃自語也沒有。

好！可能你會說我故意挑個大悲咒整人，畢竟大悲咒
裡很多字還不知道怎麼念。那麼我們換一下，背個「長恨
歌」如何？

「漢皇重色思傾國，御宇多年求不得，楊家有女初長
成，養在深閨人未識，天生麗質難自棄，一朝選在君王
側，回眸一笑百媚生，六宮粉黛無顏色，春寒賜浴華清
池，溫泉水滑洗凝脂，待兒扶起嬌無力，始是新承恩澤
時，雲鬢花顏金步搖，芙蓉帳暖度春宵，春宵苦短日高
起，從此君王不早朝。」

這幾句話大約有一百多個字，來吧！大聲念吧！有韻
律念起來比較通順，該比較好記憶才是。那麼，大聲念，
要唸幾遍呢？

整首長恨歌八百四十個字，你覺得需要唸幾次呢？

上完我的課後，有幾個學生在一個小時內就把長恨歌從頭到尾背完了，不只可以按照順序一句一句的背，也可以倒背如流。他們大聲念了嗎？沒有；反覆抄寫嗎？也沒有。他們所採取的方式，是以邏輯的方式建構出一條屬於他們自己的記憶通道，連接起左腦跟右腦。他們的未來是不可限量的！

古希臘羅馬時代，有個關於記憶的小故事，故事發生在一位名為西孟尼提斯的詩人身上，他在當時是一位非常有名的演說者。有一天他應邀到一個宴會上演講，在中場休息時，突然有人找他，於是他離開演講的會場，到外面和朋友討論事情，沒想到天有不測風雲，就在他離開不久，突然發生了場大地震，屋頂在瞬間就塌了下來，所有來聽演講的人都來不及逃生，全都喪生其中。

罹難者被倒下的巨石壓的面目全非，當時可不像現在一樣，有高明的檢測技術，因此根本無法分辨出誰是誰，這更讓罹難者家屬感到痛苦。

正當所有人陷入苦惱中時，西孟尼提斯憑著他的記憶力解決了這個問題。他記得所有人的位置，依照每個遺體的位置，他讓這些家屬順利地的找到了他們的親人。

　　他有大聲念嗎？沒有，他當時在演講，怎麼有可能把所有人的名字都大聲唸出來？他只是用了一套記憶方法，記下了所有人的位置而已。

　　大聲念只是觸動聽覺，讓聽覺與視覺連結起來，可是，人在六歲之後大腦皮植層已經萎縮，雖然理解力增強，但對於圖像的記憶已經越趨薄弱，即使讓聽覺與視覺連接，對於記憶的幫助也不大。

　　你還在用大聲朗誦，反覆抄寫的方式記憶嗎？ 請再仔細的想一想，是不是真的有用吧！

超越巔峰式

　　既然什麼困難的單字都考不倒你，你一定心想：在英文記憶的這個領域裡，我已經可以打遍天下無敵手了，還有什麼更高段的？當然囉，別忘了我說的「學海無涯」。記憶術的學習，有一個很重要的印證就是在於你能不能把文章倒背，比如長恨歌，比如圓周率？ 現在，你想不想把一整篇英文文章背起來，並且倒背如流呢？別說不可能，跟著陳光老師一起來練功吧！

　　記得我說的，英文單字是一個個的磚塊，一個個的點嗎？接下來，我們要由點連成線，再由線組成面。英文文章就是一個面，所以聰明的你看到這裡一定知道了，下一步當然不可能一步登天，馬上就背文章，一定是要先背下英文句子，所以讓我們先從句子的記憶開始吧！

超越 1

> After the doctor told the *bridegroom truth*, he finally knew his bride had carcinoma.
> 在醫生告訴新郎真相後，他終於知道他的新娘得了癌症。

　　把這句話一字不漏記起來要花多少時間？
　　先仔細看一下這句話裡的單字，有沒有發現我們曾經學過

的、熟悉的單字？有了！

After the doctor told the *bridegroom* *truth*, he finally knew his *bride* had *carcinoma* .

是不是一下子就看到三個我們熟悉的單字呢？如果你覺得很陌生，那麼請翻到前面的基礎班和進階班，再重新修修課吧！

抓出了我們熟悉的單字，再來看看其他還有什麼困難的單字嗎？沒有，都很簡單，因此你可以大概了解整句話的意思「在醫生告訴新郎官實話後，他終於知道他的新娘得了癌症。」

當然啦，如果這裡面有你不認識的字，那麼你一定要先處理單字，記得了單字之後，才能來記句子。記得嗎？要先有「點」才能連成「線」。

在之前我們上課時教大家記單字，是要按字母來拆解，現在我們要記句子，當然就要按單字來拆解。什麼意思？我們數一下，第一句話有七個單字，第二句話也有七個單字，在每一句話裡，我們必須先張貼一個記憶線索，也就是要挑出一個單字做為堆砌我們記憶的磚塊，在英文文章裡，我稱它為「記憶標籤」。

怎麼決定記憶標籤？有幾個原則是必須要注意的：

第一：這個標籤的位置必須在中間或靠近中間的地方

第二：最好是名詞

第三：最重要的，這個標籤必須是我們的已知

　　還是不懂？好，沒關係，以我的邏輯為例，在第一句話 After the doctor told the bridegroom truth 裡，依據以上的三個原則，我應該找哪個字做為記憶線索呢？doctor 看起來是個合適的單字，如果你要找別的字我也不反對，不過這時你可以想一下，為什麼我會說這個字最好是名詞？如果你挑的是 made 這個字，雖然在中間，但似乎不太容易讓人去串連起前後文吧？再來，doctor 這個字又是我們的已知，很好，它符合我們每一個要件。

　　因此我們就可以闔上書本回想一下：doctor 正在做什麼？它的前面是什麼字？現在你是不是可以想到， doctor 在做什麼？他在 told the bridegroom truth，至於前面呢？是不是一個字 after？整句話其實就是：After *the doctor* told the bridegroom truth，現在你是不是已經把整句話記下來了呢？

◎ 鎖碼過程

after 鎖碼　　*the doctor* 鎖碼　　told the bridegroom truth

這與記英文單字的記法一模一樣，也是運用相同的記憶學原理。再來第二句, he finally knew his bride had carcinoma. 同樣的我們也要張貼一個記憶線索，有了之前的例子，聰明的你一定看出來了，這個線索就是 bride。你仔細想一下，bride 怎麼了？它的前面是什麼字？

the bride 是不是 had carcinoma ？而它的前面正是 he finally knew，這句話的鎖碼過程就是這樣：

◎ 鎖碼過程

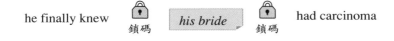

如此一來，按照我們的記憶標籤，我們是不是很快就可以找到前後文？有了標籤索引，記下一句話，根本就不是問題！

現在你再仔細想一下這兩句話，相信你一定可以很輕而易舉記下來。我們記得了 the doctor 也記得了 his bride，再來就是讓這兩個人產生關聯，醫生診斷他的新娘。這樣簡單一句話，是不是就讓我們記住了 the doctor 以及 his bride ？

現在整句話變成了

after the  told the bridegroom truth

he finally knew had carcinoma

於是乎我們知道 doctor的前面是？後面呢？不要偷看答案喔！相信你一定可以的！再來是his bride，它的前文？後文？是不是整句話你已經記住了呢？

只要張貼了記憶的標籤，找到了我們的磚塊，你就能慢慢砌出一道牆！試試看接下來的例句，你是不是一樣能得心應手呢？不過要注意的是，別忘了七正負二原理，萬一你挑的這個字前後文不小心超過了七個單字，那麼一定要再張貼一張記憶線索，總之，記憶線索的前後最好不要超過七個單字，否則到時候你又要記不起來了！

學會了怎麼記英文句子，現在我們再來幾道練習題吧！

超越2

Comets and mars are different, people want to prove that buffalo once lived on Mars.

彗星和火星是不同的，人們想要證明水牛曾經住在火星上。

一共是兩個句子，我們開始找，要在哪裡張貼記憶標籤？

糟糕了！第一句話裡沒有正好在中間的名詞，怎麼辦？沒關係，在尋找記憶線索的三個原則裡，除了第三個原則「必須是已知的單字」我們要謹守之外，其他的兩個原則就只能儘量隨緣不強求。

那麼我們看到中間是 are，但用 are 似乎很難去連帶啟動我們的記憶，所以我選擇的是 *comets and mars*，*comets and mars* 的後面只有兩個字： are different，很好記。

於是原來的句子變成了這樣：

Comets and mars   鎖碼   are different

回想一下：Comets and mars 後面是什麼字？是不是 are different？很簡單吧！

再來我們看第二句話，people want to prove that buffalo once lived on Mars.想要在這句話裡張貼記憶標籤就顯得容易多了，相信聰明的你一定一眼就可以看得出來，最適合擔任我的記憶標籤的就是 buffalo。

People want to prove that 　鎖碼　　*buffalo*　　once lived on Mars

現在閉上眼睛想一下，buffalo 的前面是什麼？不要偷看答案喔！buffalo 的前面是不是 people want to prove that？而 buffalo 的後面呢？是不是 once lived on Mars？

兩句話連接起來，我們利用 comets and mars 以及 buffalo 來當做我們記憶標籤，你仔細回想一下，是不是能聯想出 comets and mars 的前後文？那麼 buffalo 的前後文呢？

利用我們張貼的記憶線索，buffalo 讓第一個磚塊 *Comets and mars* 和第二個磚塊 *buffalo* 產生關聯。你可以記：慧星和火星上有水牛。當然啦，這又是我個人的想法囉！如果你有別的答案我也十分歡迎！

Comets and mars　　鎖碼　　*buffalo*

好的，接下來，請仔細想一下，comets and mars 後面兩個字是什麼？再來，buffalo 的前面是什麼？後面呢？簡簡單單就把這句話給記起來了吧！

超越 3

> If you want to cure your insomnia and hypertension, you had better do some chin and wrist exercises.
> 如果你想要治好你的失眠和高血壓，最好是做些下巴和手腕的運動。

這個句子看起來很困難，但仔細瞧瞧，全都是我們學過的單字，千萬別跟我說你不認識！

一共兩個句子組成，那麼現在我們要從第一個句子開始張貼記憶標籤了。

If you want to cure your insomnia and hypertension，你想挑哪個字？我想選的是 insomnia，於是我的句子變成了這樣

If you want to cure　*your insomnia*　and hypertension

你可以很輕鬆得知在 your insomnia 的前面是什麼字？後面呢？好，閉上眼睛回想一下整個句子。

這時聰明的你，一定可以早就把這句子背起來了。

接下來的這句話：

you had better do some chin and wrist exercises.

我想挑的記憶線索，以我所知的為主，我所找的是 chin and wrist，於是乎句子變成了：

you had better do some *chin and wrist* exercises.

這個記憶標籤的前面和後面各是什麼字？閉上眼睛自己再回想一下整個句子，記起來了沒有？

現在我們再讓 your insomnia（你的失眠）和 chin and wrist（下巴和手腕）產生關聯，好比說我想的是：你失眠時下巴和手腕都會痛，那麼有了 your insomnia 和 chin and wrist，你是不是就能由點連成線，進而記起整個英文句子了呢？

【練習題】

試著練習以下兩個句子，看看自己需要花多少時間？

Her husband is a dentist and an oculist, he also practices acupuncture.
她的丈夫是個牙醫，也是眼科醫師，同時他也在練習針灸

Peacock often sweat from their ankles.

孔雀通常由腳踝排汗

記/憶/法/小/複/習

　　你是不是覺得很神奇，為什麼以前默念不下上百次都背不起來的句子，現在居然可以一下子就記起來？事實上這個原理很簡單，我們同樣的來用中文舉例子，你一定一下子就能懂。

　　比方說，我要你記住「全世界都知道金城武是大帥哥大家都很喜歡他」共20個字，你會發現很難記下來。

　　如果我貼上記憶標籤「金城武是大帥哥」整句話就變成「全世界都知道 金城武是大帥哥 大家都很喜歡他」，這樣整句話就變成三部分，而且每一部分都不超過7個字，因此先把中間的句子變標籤，再連接前後的兩句，這樣比較方便你記憶。

　　為什麼會這樣呢？記得我之前告訴過你要「張貼記憶標籤」嗎？中間的這句話「金城武是大帥哥」就是我們要張

貼的記憶標籤、要做記號的記憶磚塊！有了這個磚塊，再按著磚塊指引，你就能找出前後文了！

另外，還記得「鎖鍊記憶法」的幾個原則嗎？「兩兩相連、禁止纏繞」，如果我們把每一個句子都視為一個中型或大型的磚塊，而不是一個字、一個字的小磚塊，這樣彼此相連之後，就能夠順利將所有前後文都記下來了！

不要一看到英文單字就退縮，同樣的，也不要一看到英文句子就心想你絕對做不到，連試都不試就放棄了！事實上，你已經可以挑戰這麼多、這麼高難度的單字，那麼區區的一個英文句子，又算得了什麼呢？ 其實，我們之前已經學過了這麼多背誦英文單字的方法了，現在只不過是讓腦筋轉個彎，把這些方法應用在背英文句子裡，只要不斷練習，你就會發現，這些道理都是相通的。

在學會記憶簡單的英文單字、困難的英文單字，以及英文長句後，現在的你，有沒有信心來背誦一整篇的英文文章呢？ 一起來瞧瞧吧！

超越4

> ### Sherlock Holmes 福爾摩斯
>
> The most famous name in the literary world of crime and justice is Sherlock Holmes. Through his careful observation and logical reasoning, he can solve the most complex mysteries. Indeed, Sherlock Holmes is better known even than his own creator, Sir Arthur Conan Doyle (1859-1930).
>
> 在犯罪與正義的文學世界裡，最響亮的名字就屬福爾摩斯了。透過他明察秋毫的觀察與邏輯推理，他能夠解開最為錯綜複雜的案件。的確，福爾摩斯比創造他的人，柯南道爾(1859-1930)，還要大名鼎鼎。

　　當然囉！首先一定得學會這篇文章裡的所有單字，你是不是確定每個字你都認得呢？

　　在確定每個單字你都認識之後，我們就要開始來練習背文章囉！

　　第一段只有一句話，也就是 The most famous name in the literary world of crime and justice is Sherlock Holmes.這句話我們要找哪個字當做記憶標籤呢？注意看，在中間，又是名詞的，又是已知的，是不是 the literary world？如果你還不認識 literary 這個字的話，那你可能就要先處理單字，學會了單字之後，再來背句子和文章！

以我的已知來看， 我揪出了 the literary world 當做的我記憶標籤，它的前面是 The most famous name in ，很好，沒有超過七個字，而後面 of crime and justice is Sherlock Holmes. 正好七個字，所以我們不必擔心，恰巧在我們能夠記憶的範圍裡。所以這整句話現在變成了 The most famous name in *the literary world* of crime and justice is Sherlock Holmes. 在張貼了記憶標籤之後，整句話要記起來就不是難事了，來，練習一下，the literary world 的前文是？ 有幾個字呢？ 後面呢？後面又是什麼？試試看，你一定可以把整句話默念出來！

The most famous name in *the literary world* of crime and justice is Sherlock Holmes.

接下來，Through his careful observation and logical reasoning, he can solve the most complex mysteries. 這麼多字怎麼辦？當然要拆囉！我們按照標點符號分成兩句話來看，第一句 Through his careful observation and logical reasoning ，這裡我們必須張貼一個記憶標籤，在這裡，我挑的是 careful observation 。當然，因為它不但是我的已知，而且它的位置也恰恰好在中間，又是個名詞，很符合我的需求！

所以這句話變成了

Through his *careful observation* and logical reasoning,

實在是太完美了！careful observation 前面是　Through his，後面是 and logical reasoning，現在你是不是不必花費任何力氣，就可以默念出整句話呢？

再來我們看 he can solve the most complex mysteries. 這可麻煩了，我們沒有看到在中間的名詞，好吧！該怎麼張貼記憶標籤呢？這時我挑的是 the most complex mysteries. 所以這句話變成了

he can solve *the most complex mysteries.*

第二段的文字經過我們處理之後變成了

Through his *careful observation* and logical reasoning,

he can solve *the most complex mysteries.*

當然囉，你要框多一點少一點，甚至框不同字，我都沒意見，只要你能順利把這個句子背下來！

現在，仔細記好 *careful observation* 和 *the most complex mysteries* 這兩個記憶標籤，這兩個磚塊將引領我們砌出一整個句子。「小心的觀察」和「最複雜的案件」，閉上眼睛，想想前後

文，你是不是已經把這整個句子背起來了呢？

截至目前為止，我們已經張貼了三個記憶標籤，這三個記憶標籤分別是

The literary world 、 careful observation 、 the most complex mysteries

現在告訴我，聰明的你有沒有把握憑著這三個記憶標籤，找到剛才完整的句子？不要說你辦不到，試著回想看看，你一定做得到！

只要讓這三張記憶標籤之間產生邏輯，啟動它們之間的磁力，讓它們緊緊相吸，你就很難把句子給忘了！好比說你可以想，在文學的世界裡，要小心觀察最複雜案件。想想 The literary world 的前後文？ careful observation 的前後文？ the most complex mysteries 的前後文？

有了記憶標籤，你很快就可以找到正確的路和方向。

再來最後一句：
Indeed, Sherlock Holmes is better known even than his own creator, Sir Arthur Conan Doyle (1859-1930).

我們該找哪個字當做記憶標籤呢？有了！his own creator。於

是我們把句子變成了

Indeed, Sherlock Holmes is better known even than $\boxed{his\ own\ creator}$
.
Sir Arthur Conan Doyle (1859-1930).

　　算一算，不對啊！我們張貼標籤的記憶磚塊前面有八個字，已經超出了我們所能記憶的範圍，沒關係，我們就再找一個磚塊，這次我們找的是 better known，所以現在整個句子是

Indeed, Sherlock Holmes is $\boxed{better\ known}$ even than

$\boxed{his\ own\ creator}$, Sir Arthur Conan Doyle (1859-1930).

　　所以我們記得了 $\boxed{better\ known}$ 和 $\boxed{his\ own\ creator}$ 這兩個記憶標籤的前後文各是什麼？也許你會問，那麼兩張記憶標籤的中間有個 even than，這個 even than 是要和誰擺在一起呢？我的答案是：都可以！不過現在我想把它和 better known 放在一起，所以我的記憶順序變成了 better known 的前面是 Indeed, Sherlock Holmes is，後面則是 even than；而 his own creator 的前面沒字，後面是 Sir Arthur Conan Doyle (1859-1930).

整句話串連起來恢復原形，就變成了

Indeed, Sherlock Holmes is *better known* even than

his own creator , Sir Arthur Conan Doyle (1859-1930).

經過我們張貼記憶標籤，找到磚塊之後，這些磚塊就可以堆砌出一整面牆，也就是一整篇文章。

The most famous name in *The literary world* of crime and justice is Sherlock Holmes. Through his *careful observation* and logical reasoning, he can solve *the most complex mysteries.* Indeed, Sherlock Holmes is *better known* even than *his own creator,* Sir Arthur Conan Doyle (1859-1930).

現在，我們要把

The literary world   careful observation

the most complex mysteries

better known   his own creator

這五張記憶標籤堆疊起來，讓它們之間產生關聯，好比說我會想：文學世界裡要小心觀察複雜的案件，最好知道它的創作者。完全不加任何多餘的故事、聯想，只要記住這句話，由一個點，帶出一條線，再砌出一整個面，也就是一整篇文章。

闔上這本書試試看，你是不是已經在無意間把這篇文章一字不漏地記起來了呢？我們再來試試另一篇文章吧！

超越5

> ### Health and Sports 健康與運動
>
> Why should anyone who does not already exercise routinely seriously consider taking up a sport? Exercise is closely related to one's health, for one thing. Since "Health is Wealth," everyone has something to gain from exercising.
>
> For most people, especially for the young, the most helpful form of exercise is sports.
>
> 　對於還沒有固定做運動的人而言，為什麼要認真考慮練習一種運動呢？其中一個原因是運動和健康息息相關。因為健康就是財富，任何人都可以從運動中獲益良多。對於大份的人而言，特別是對年輕人來說，獲益最多的活動筋骨的方式就是運動。

同樣地，我們一句一句地來破解，第一句：

Why should anyone who does not already exercise routinely seriously consider taking up a sport?

　你打算把記憶標籤張貼在哪裡呢？看來看去，我覺得exercise routinely好像還不錯，雖然它是動詞＋副詞的組合，但是它的位置在中間，又是我已知的單字，我不必重新去認識它、記住它，嗯很好，很符合我的需求。

Why should anyone who does not already *exercise routinely*
seriously consider taking up a sport?

　　在我的記憶標籤前面，正好有七個單字，恰恰好可以讓我記住，而後面呢？有六個，哈！這個標籤貼的位置還真是正確！

　　所以我們來檢視一下，exercise routinely 的前面是 Why should anyone who does not already，而後面是 seriously consider taking up a sport？再看一遍，把它記下來。

　　好，現在我給你一個 *exercise routinely* 你是不是就能告訴我，它的前面是哪七個字？後面呢？是哪六個字？如果覺得記不住，就再多念一遍。再記不住，沒關係，再貼一張記憶標籤！總之，這些磚塊都是要幫助我們砌牆的，多記住一個磚塊也無妨，只要你覺得方便記憶就可以。

　　現在

Why should anyone who does not already *exercise routinely*

seriously consider taking up a sport?這整句話在你的腦海裡是不是已經以倒著背過來了呢？

　　緊接著我們看下一句：

Exercise is closely related to one's health, for one thing.

For one thing 是一個片語，在這裡它指的是「其中一個原因」。了解它的意思之後，對你這麼聰明的人來說，這一句會不會顯得太簡單了一點？無論你多麼有自信，我們還是得乖乖貼上記憶標籤，在這個句子裡很清楚就可以看得出來，既是名詞，又位在中間，而且是我們已知的單字，那就是one's health，好啦，我們把句子變成了：

Exercise is closely related to *one's health* for one thing.

同樣地，我們必須要回想一下 *one's health* 這個記憶標籤的前文是什麼？後文又是什麼？

前面是不是Exercise is closely related to？而後面呢？就是我們剛才說的for one thing。

整句話我們串連起來，就是

Exercise is closely related to *one's health* for one thing.

輕輕鬆鬆就把它記下來！對你來說，英文，還有什麼難的？廢話不說，再來挑戰下一句：

Since "Health is Wealth," everyone has something to gain from exercising.

　　你想挑誰當你的記憶標籤？在這裡，我不想挑everyone，因為它看起來太普通了，很難讓我想起前後文，所以我想挑的是something to gain。你一定會覺得奇怪？不是要挑名詞嗎？有個現成的名詞好好的不挑，幹嘛挑個怪怪的詞？

　　我只能說，這是我的邏輯，我認為這樣會比較好記，也比較能幫助我記憶這個句子，如果你想挑別的，我不反對，只要你覺得好記就可以。

　　現在句子變成這樣：

Since "Health is Wealth," everyone has *something to gain* from exercising.

　　好，真是越來越簡單的，我張貼的這個標籤前面的字是？後面呢？仔細再看一下，前面是不是Since "Health is Wealth," everyone has，而後面則是from exercising，閉上眼睛回想一遍，念出剛剛的句子，是不是一字不差記住了呢？

　　千萬別太驕傲太得意，因為我們還有最後一句：

For most people, especially for the young, the most helpful form of exercise is sports.

　這麼長一段字，該挑誰來貼標籤呢？一共有十五個字，如果我只找一張標籤，要記的單字肯定會超過七個，所以我必須找兩張標籤，按照我的邏輯，我找的標籤分別是 For most people 和 the most helpful form。

　現在這句話變成了

For most people　especially for the young, the most helpful form of exercise is sports.

　貼了兩張標籤之後，現在你想一想，第一張標籤 For most people 後面是什麼？第二張標籤 the most helpful form 後面呢？然後把兩張標籤貼在一起回想，是不是可以利用這兩個磚塊堆出了原來的句子了呢？

　經過我們處理之後，現在我們把整篇文章變成這樣：

Why should anyone who does not already exercise routinely seriously consider taking up a sport? Exercise is closely related to one's health , for one thing.

Since "Health is Wealth," everyone has something to gain

from exercising. *For most people,* especially for the young, *the most helpful form* of exercise is sports.

同樣的,我們把這五個磚塊

exercise routinely　　*one's health*

something to gain　　*For most people,*

the most helpful form

串連起來,試試看,運用你自己的邏輯思考,這五個磚塊是不是幫助你堆出了一整篇英文文章呢?

【練習1】
試試看以下這篇文章,你要花多少時間才能把它背起來?

Pollution 污染

How long can you live without air? Think about that the next time you ride a polluting motorcycle. Cars, buses, trucks and motorcycles all cause air pollution, and there are many more of them today than there were 20 years ago. Both the government and industry are trying to reduce pollution from vehicles. We can help, too, by driving less, using

public transportation, or carpooling.

沒有空氣，我們能活多久？下次當你騎一輛冒黑煙的摩托車時想想這個問題。汽車、巴士、卡車、摩托車都會引起空氣汙染，而今天它們的數目比二十年前多出許多了。政府和工業界都在嘗試減少來自車輛的汙染。我們藉著少開車，使用大眾運輸工具或汽車共乘也能有所助益。

【練習2】

試試看以下這篇文章，你要花多少時間才能把它背起來？

Exercise is good for you 運動對你有好處

Not all exercise is a form of sport, of course. Everything from cleaning one's room, walking the dog, and washing and waxing a car, to yoga and kung-fu can be considered kinds of exercise, and they are all good for us. Yet sports offer even more benefits than these other forms of exercise can.

當然並非所有的活動都是運動。從打掃房間，蹓狗，洗車，給車打蠟，到練瑜珈和中國功夫，無一不可以被視為是一種活動，而且它們全都對我們有好處。然而運動給我們的好處要比其他形式的活動來得多。

---

chin wrist mars planet comet butt sweat chat bride weapon
button buffalo ample carrot quiet
emit rood tooth koala fast anger single ankle ▶▶▶
fool flu mask vest scarf adept bluff
fling foe doll diet cure
allow drawer cruel shrimp
role uniform toy tail

吸英大法

▶▶▶ 課後輔導

不止是英文，
連日文、法文嘛也通！

練會了我在這本書中所傳授的武功心法－超強記憶術，如果你只拿來背英文單字，那實在是太可惜啦！在這裡我要告訴各位讀者，不但是英文，就連中文的文章、法文、日文，都可以照著這個方法來學習。不相信？我們就拿日文來舉例子。

五十音是不是背得很痛苦？只會像鸚鵡一樣跟著念「阿一屋耶喔」，但是只要一看到 あいうえお 就想昏倒？甚至完全無法把這五個字和你剛才念的連結起來？

現在我們要把之前學過的記憶術，套在日文的學習應用上。我們以 あ 做為例子，這個字念做「阿」看到這個字，你有沒有覺得它和哪個中文字很像？是不是有點像「安」？所以我們可以很簡單的用「早安啊！」這樣方式來記住，如果你覺得不像，或是你自己有更好的邏輯和記憶方式，那也很好，就照著你自己的邏輯來走吧！

再來 い 這個字念做「一」，你覺得它長得像不像中文裡面的「以」，只是少了中間的部份？這麼巧？兩個字的發音正好很像！

好，我就把它想成是「以」，太簡單了！一點力氣都不用花！

再來看到 う 這個字，你有沒有覺得這個字和哪一個中文字很相像？是不是今天的「今」？今天的今少掉了屋頂，所以這個字念做「屋」，是不是很簡單？需要抄寫很多遍嗎？

其他的四十七個音，相信不必我一個一個教，聰明的你一定也能找出一個方法記住吧！正所謂「師父領進門，修行在個人」，只要你肯下功夫去記，相信你一定會成功！

日文的五十音會了，但是日文的單字怎麼辦呢？好比說 あなた 這三個字好了，念做「阿娜達」，其實這是日文裡第二人稱「你」的意思，因為日本妻子多半以此來稱丈夫，所以台灣也很流行把 あなた 當做是另一半，「親愛的」。

怎麼來認識這三個字 あなた ？根據我們之前的經驗，這必須一個一個拆。首先我們來看看 あ 這個字，這個字剛才學會，記得我怎麼說的嗎？我們可以很簡單的用「早安啊！」這樣方式來記住，記住這個字念做「啊」。

再來我們看 な ，這個字就念做「那」，看看這個字是不是有點像中文裡的「存」？如果你覺得不像，沒關係，找一個你覺得

像的，讓它們之間產生關聯，好比我說會想：「要【存】錢【哪】！」是不是很容易就把「存」和「な」這兩個聯結起來了？

接著我們看最後一個字 た ，這個字的念法有點像是中文裡的「他」的輕聲，而這個字，我覺得有點像中文裡的「左」，只是少了中間一豎。我把這個字想像成「他」的「左」邊那一豎不見了變成了 た ，於是乎我們又把「た」記住了。

如果你心裡想：「陳光老師這什麼怪邏輯！怎麼都看不懂！」因為這是我的邏輯，我覺得這樣好記，如果你不這麼認為，大可以自己想一個，不過要切記我說的幾個原則：禁止纏繞、少用故事，這樣才能夠用最少的腦容量，把這些東西全都變成你自己的記憶。

好了！現在你不但擁有了記憶英文的超強記憶術，還撈過了界，連日文嘛會通。這世界上看起來似乎沒有什麼可以再難倒你的了！是不是覺得自己所向無敵了呢？事實上不只英文、日文，只要你有心學，想要記住法文、西班牙文，甚至學再多的語言都不是問題，有道是「天下無難事，只怕有心人」！

語言相吸大練功！

記得我說過，任何語言都可以相吸，如果外國人都可以用他們的母語吸住中文，那我們有什麼道理輸給外國人？除了把超強記憶應用在語文的學習上，我們也可以把知前所學的「英吸中」，運用在其他的地理或歷史課中。

首先，我們必須將英文字母定位一下，賦予英文字母形像，用這形像來鎖住我們需要記憶的資訊。當然！字母的定位，也是依照自己的邏輯思維，每個人各有不同。

數字轉碼也好，英文轉碼也好，ㄅㄆㄇ轉碼也罷，重點是這些轉換出來的圖像，要盡量地簡單，盡可能地能以直覺來拆解，不管怎麼轉，都要以自己的直覺邏輯思維為依據。

先來看看我對英文字母所做的轉碼：

A → apple 蘋果

B → ball 球

C → cat 貓

D → dog 狗

E → egg 蛋

F → fish 魚

G → girl 女孩

H → hand 手

I → icecream 冰淇淋

J → juice 果汁

K → key 鑰匙

L → lion 獅子

M → monkey 猴子

N → NIKE 耐吉

O → orange 柳丁

P → pig 豬

Q → queen 皇后

R → rabbit 兔子

S → snake 蛇

T → tea 茶

U → umbrella 雨傘

V → VCD 光碟

W → watch 表

X → x-ray X 光

Y → yoyo 溜溜球

Z → zoo 動物園，或者可以再更具體點，以斑
馬 zebra 來表示吧。

　　利用自己本身對英文最淺薄的認識，以最直覺的反應，把廿六個字母都賦予了個簡單的形象。

　　請不要說自己完全不懂英文，所以無法定位。會講英文的「早安」嗎？「午安」呢？「再見」會不會講？全中國十三億人口，會講英文的人比美國的兩億人口還多，你能說自己英文不行嗎？很多人其實只是缺乏信心而自我抑制而已。

　　試試看，你真的可以的。

　　當然，並不是每個人的英文程度都好到可以「立刻」將廿六個字母都聯想出搭配的圖像文字，例如 X，就是一個相當冷門的字母。我們從小到大，幾乎看不到 X 開頭的字。

　　那麼，遇到這種情況該怎麼辦呢？

　　請假裝瞭解，如果想不到「X」有什麼名詞可以聯想，把「X」理解為「叉叉」也是可以的。不喜歡 VCD，那麼 VOVOL 也無妨，別被傳統教學中的既定模式給限制住了！

　　當然啦，我還是要再強調一次，這些都只是我個人的直覺反應和轉碼，如果你有別的邏輯，那就照著你的邏輯走吧！

現在，我們就可以運用「英吸中」的方法來記住我們在地理課所學的知識了。

台灣從北到南有十八個水庫，分別是新山水庫、翡翠水庫、石門水庫、寶山水庫、永和山水庫、明德水庫、鯉魚潭水庫、石崗壩水庫、德基水庫、霧社水庫、日月潭水庫、蘭潭水庫、仁義潭水庫、曾文水庫、烏山頭水庫、南化水庫、牡丹水庫、成功水庫(澎湖)。

好了，我現在要開始發功了，怎麼把這看似毫無關聯的資訊吸在一起呢？

A. 蘋果　堆成一座　新山 (新山水庫)

B. 書　一打開裡面有　翡翠 (翡翠水庫)

C. 貓　推　石門 (石門水庫)

D. 一隻　小狗　帶我去　寶山 挖寶 (寶山水庫)

E. 吃 蛋　餅一定要配　永和豆漿 (永和山水庫)

F. 送你一條 fish「明」天才能「得」到 (明德水庫)

G. girl吃　鯉魚　或玩　鯉魚 (鯉魚潭水庫)

H. 石　頭做的浴缸是爸爸親手做的 (石岡壩水庫)

I. 肯德基 有賣 冰淇淋 喔 (德基水庫)

J. 有顏色的蓮霧汁(霧社水庫)

K. 鑰匙的一邊是太陽一邊是月亮 (日月潭水庫)

L. lion 吐了一口 藍色的痰 (蘭潭水庫)

M. monkey 和人一樣談仁義道德(仁義潭水庫)

N. 連 nike 都沒聽過？你要 增廣見聞 哪！(曾文水庫)

O. orange 很多，聚集很多 烏鴉的山頭 (烏山頭水庫)

P. pig 吃了很 難 消 化 (南化水庫)

Q. queen 的頭上戴了朵 牡丹花 (牡丹水庫)　queen 鎖　牡丹

R. rabbit 大喊：YA！我 成功 了！(成功水庫)

　　記起來了嗎？相信你一定是輕輕鬆鬆就把這十八個水庫記起來甚至還可以倒背如流吧！你需要反覆抄寫嗎？需要大聲念嗎？根本不必浪費一秒鐘的力氣在沒必要的方法上。你現在只記得十八個，但是你有沒有把握記二十六個、甚至更多呢？從此以後相信你看到歷史地理，都再也不會頭痛了吧！

　　看！這就是吸英大法的魔力！事實上，只要你想要記，就一定可以記得起來！怕就怕你不肯下功夫，想辦法找出那條捷徑！千萬別輸給了外國人喔！

啟動三十萬倍的記憶能量！

我記得我在念小學的時候，遇到一個老師十分恐怖，她在第一次上課的時候點過名，就可以把全班同學記起來，緊接著下來的課程，她不但認識全班每一個人，只要有人上課稍不專心，她也能立刻喊出那個人的名字，常常把人嚇出一身冷汗！

當時所有的學生都對這位老師佩服得五體投地，一直認為她是「天賦異稟」，不過現在想想，我覺得她只是用了一些小技巧，就把我們這些小毛頭全都嚇到！可見得記性好的人，在日常生活中、在工作上都很容易就可以得心應手！現在的我，早就比當年那位老師還要厲害，不但上一次課就能記起全班同學的名字，就連學生的祖宗十八代，我都能說得出來！

學過超強記憶術，再加上一點用心，除了對你的語言學習有十分大的助益，而且還能拓展你的人際關係喔！

好比說，只見過一次面的朋友，下次見面你能很快就叫出他的名字，這樣是不是很容易拉近彼此的距離？如果你是業務人員，客戶是不是更容易對你產生好感？進而信任你？

怎麼記？現在我們來想想，當我說劉德華時，你腦中會浮現

劉德華的樣子，這時劉德華對你而言是可理解的文字，因為你能看到這三個字就想到劉德華這個人。

不過，這是因為你認識劉德華，這三個字對你而言是有意義的。如果我換個名字呢？例如林福生？希望你沒有認識叫這名字的人，這個名字你能夠記多久呢？你完全沒有一個「林福生」的形像，他不像是蘋果、天空諸如此類的名詞，這是個完全無法理解的詞彙。

記得我之前所說的「已知導未知」嗎？這時我們就要利用我們原本理解的文字來串連這些無法理解的字詞。

首先我們要抓住中文磁化的基本原則，最好的方式是把文字轉換成拼音，這樣會比天馬行空的聯想來得簡單許多。於是「福生」會成為「ㄈㄨˊ・ㄕㄥ」這樣的好處是不會被字面所限制，若是只給你看「ㄈㄨˊ・ㄕㄥ」這注音，可以衍生出一大堆同音的詞，「福聲」、「浮生」、「扶升」都可以，這就看你的邏輯怎麼處理了。

來看看轉碼過程，這個時候，我們已經把「福生」轉碼成ㄈㄨˊ・ㄕㄥ

「福生」可能可以理解成「福」建出「生」、「幸福的聲音」

或者「服務生」，之後再來確認文字，確認是「福生」而不是「福聲」或「服生」。

利用這樣的方式，我們不只可以記下一個名字，還能記下對方的祖宗十八代。

例如福生的爸爸叫「民豐」，媽媽叫「賢淑」；爺爺叫做「光榮」，祖母叫「罔市」。福生有個女朋友「美芳」，女朋友的爸爸叫「寶安」，媽媽是「婷芳」，爺爺叫「西郎」，外婆是「秀梅」。

(父)光榮　(母)罔市　　　　(父)西郎　(母)秀梅

(父)民豐　(母)賢淑　　　　(父)寶安　(母)婷芳

福生 -------------------------------------- 美芳(女友)

我們利用已知導出未知，再稍微借用一下「鎖鍊記憶法」的原則，就可以輕易地記得人家的祖宗十八代，甚至廿八代。

先回憶一下先前所提的鎖鍊記憶法，把記憶像鎖鍊一樣的串連起來，可以面對的是需要順序的物件，不論是文字的排序，或

者是一連串的數字，無論可理解或是不可理解的，都可以透過鎖鍊將之鎖起。

鎖鍊記憶法有幾個要訣：兩兩相連、存在物件、誇張的接觸、禁止纏繞、少用故事。藉由這幾項，再配合轉碼的觀念，將可以用記憶鎖住更多物件。

回憶了鎖鍊記憶的大原則後，我們一起分析一下如何記下「福生」的周圍親戚。

「福生」：我們轉化成「福」建出「生」的人；
爸爸「民豐」：人「民」都過著「豐」衣足食的日子；
媽媽「賢淑」：生活悠「閒」是這裡的風「俗」；
爺爺「光榮」：這樣過日子覺得很「光榮」；
祖母「罔市」：這些都是「往事」了。

接著是女朋友，
「美芳」：我們轉化成「美」國「方」面的人；
爸爸「寶安」：是個「保」護我們「安」全的保安人員；
媽媽「婷芳」：有個看來方「方」的「亭」子；
爺爺「西郎」：已經過世了，是個死人「西郎」；
奶奶「秀梅」：「袖」子裡藏了顆草「莓」；或者衣服「繡」
　　　　　　了朵「梅」花。

裡面有的文字可能跟名字不一樣，不過這不重要，等我們串連起來後，再來確認文字。

福建出生的人（福生），人民都過著豐衣足食的日子（民豐），而且有悠閒的風俗（賢淑），這樣的日子很光榮（光榮），雖然都是往事（罔市）。福建的人有美國方面的朋友（美芳），他們是保安人員（寶安），保護方方的亭子（婷芳），爺爺是個死人（西郎），而且衣服上繡了朵梅花（秀梅）。

串連起來了嗎？

以我們已知的文字邏輯，串連起未知的資訊，你也可以用你自己的邏輯來串連，藉由你自己的已知，記下所有的未知。

既然中文可以記得住，那麼外國人的家庭我們可以記住嗎？當然沒有問題！

Mary 的爸爸叫做 John，媽媽叫做 Jane，那麼我是不是可以記成：血腥瑪麗（Mary）的爸爸像一坨「醬」（John），而她還「真」（Jane）的有個媽媽！

David Dove 我們可以把它記成「大衛豆腐」
Tom Cruise 我們可以記成「湯酷」

Meg Ryan 我們可以記成「沒格調的」

總之，你可以隨心所欲，只要你覺得好記、方便記住，那麼就沒問題隨你高興！

我們當然也可以來做個練習，看看這些名字會讓你直接聯想到什麼？把答案寫在後面，自己編造一個家族表試試看你會記得幾個？

Paul	_____	George	_____
Jim	_____	Jackson	_____
Robert	_____	Michelle	_____
Mandy	_____	Christian	_____
Victoria	_____	Sandra	_____

讓吸英大法進入你的生活，
成為你的利器

　　這本書雖然是以記英文單字為主，不過在教大家學會一分鐘背四百個英文單字的過程當中所用的技巧，通常都是記憶術的要訣。所以學了記憶術，卻只把它拿來記誦英文，實在是很浪費！所以在最後我忍不住還是要教大家將記憶術廣泛地應用，讓這超強記憶術能進入你的生活，成為你生活中的利器！

　　當我看到許多學生，再怎麼用功，卻因為用錯了方法而浪費許多無謂的力氣，搞得自己付出越來越多努力，卻越來越沒自信；而許多望子成龍的家長，更是不斷辛苦工作、投注自己所得在孩子的教育費上，我真的希望能夠為這些孩子、這些家長做些什麼！超強記憶術或許就是那個竅門，能讓孩子和家長同時解脫、一步踏到成功的目標！

　　我不認為孩子的成功全然都是超強記憶術的功勞，畢竟超強記憶術不是仙丹妙藥，本身的努力才是真正最重要的關鍵！而我所做的，只是指引出一條道路、捷徑，告訴大家要怎麼樣在最快、最短的時間裡到達目的地。不再是盲目亂竄，卻始終找不到路。這就好像武俠小說中的「打通任督二脈」一樣，一旦你突破

了這層關卡，未來的路一定是無限寬廣！

　　不論你現在是不是還在學，就算你已經脫離了學校的歲月，開始在社會上闖蕩，記憶術也對你有絕對正面的幫助！這是個講求人際關係的時代，這也是個講求證照的時代，有了記憶術這個好幫手，你絕對是如虎添翼，輕鬆加倍！

　　請摒棄過去傳統的學習模式，用記憶術突破大腦的限制，教大腦作弊，騙過腦中的海馬回，只要你肯努力，你一定會發現自己有不可思議、超乎想像的潛能！吸英大法 ─ 教你1小時背400個英文單字。

吸英大法──教你 1 小時背 400 個英文單字【暢銷紀念版】

作　　者／陳光
文字整理／簡郁菁
資深主編／劉佳玲

總 編 輯／賈俊國
副總編輯／蘇士尹
編　　輯／黃欣
行銷企畫／張莉榮、蕭羽猜、溫于閎

發 行 人／何飛鵬
法律顧問／元禾法律事務所王子文律師
出　　版／布克文化出版事業部
　　　　　115 台北市南港區昆陽街 16 號 4 樓
　　　　　電話：(02)2500-7008　傳真：(02)2502-7579
　　　　　Email：sbooker.service@cite.com.tw
發　　行／英屬蓋曼群島商家庭傳媒股份有限公司城邦分公司
　　　　　115 台北市南港區昆陽街 16 號 5 樓
　　　　　書虫客服服務專線：(02)2500-7718；2500-7719
　　　　　24 小時傳真專線：(02)2500-1990；2500-1991
　　　　　劃撥帳號：19863813；戶名：書虫股份有限公司
　　　　　讀者服務信箱：service@readingclub.com.tw
香港發行所／城邦（香港）出版集團有限公司
　　　　　香港九龍土瓜灣土瓜灣道 86 號順聯工業大廈 6 樓 A 室
　　　　　電話：+852-2508-6231　　傳真：+852-2578-9337
　　　　　Email：hkcite@biznetvigator.com
馬新發行所／城邦（馬新）出版集團 Cité (M) Sdn. Bhd.
　　　　　41, Jalan Radin Anum, Bandar Baru Sri Petaling,
　　　　　57000 Kuala Lumpur, Malaysia
　　　　　電話：+603- 9057-8822　　傳真：+603- 9057-6622
　　　　　Email：cite@cite.com.my
印　　刷／卡樂彩色製版印刷有限公司
三　　版／2024 年 03 月
定　　價／380 元
ISBN ／ 978-626-7431-20-7
EISBN ／ 978-626-7431-19-1（EPUB）

城邦讀書花園　布克文化
www.cite.com.tw　www.sbooker.com.tw